鳴響雪松5　Кто же мы?

我們到底是誰？

目次

1 兩個文明 6
2 品嚐宇宙 16
3 曙光村的夢想 22
4 新文明的預兆 25
5 尋找證據 29
6 永恆的果園 35
7 阿納絲塔夏的俄羅斯 43

8 最富裕的國家 51
9 地球終將充滿良善 61
10 裁軍競賽 86
11 科學與偽科學 96
12 我們有自由的思想嗎？ 107
13 來自未來的女騎士 112
14 涅瓦河上的城市 119
15 為了實現夢想 126
16 公開信 132
17 問與答 137
18 人生哲學 161

19 是誰在控制巧合？ 192
20 崩潰 220
21 嘗試除去制約 226
22 我們的現實 233
23 你的渴望 259
24 永恆就在你我面前 273
附錄 284

1 兩個文明

我們所有人都行色匆匆地趕赴某地、追求某些事物，人人希望生活美滿、遇見真愛、組織家庭，但是大部分的人真能如願以償嗎？

我們對生活的滿意或失望、我們的成功或失敗，是取決於什麼？每個人的生活意義，或者人類整體的生存意義為何？未來究竟有什麼在等著我們？

這些問題由來已久，但從未有人可以給出明確的答案。我很想知道，我們在五年或十年後，會住在什麼樣的國家？我們的孩子會住在什麼樣的世界？但是我們不知道答案。是啊，我們確實無法想像自己的未來，因為我們都在趕著去某個地方，但那是哪裡呢？

有件事雖然令人訝異，卻是不爭的事實：我們國家未來的詳細藍圖，我居然不是從分析家或政治人物得知，而是隱居在泰加林的阿納絲塔夏告訴我的。她不僅讓我看到美好的未來景象，還證明了在我們的世代，這是可以辦到的。她實際展現了自己對國家發展的規畫。

當我從阿納絲塔夏所住的林間空地走到河邊時，腦中不知為何出現一個堅定的信念：她的計畫可以為世界帶來很大的改變。如果我們考慮到，她設想的一切最終會在真實生活中實現，那麼老實說，我們已經住在一個未來只會變得更美好的國度了。我走在泰加林裡，想著這位泰加林隱士有關國家美好未來的話。她說，或許我們這一代就能生活在這樣的國度，一個沒有地方衝突、幫派、疾病和貧窮的國度。我雖然無法理解她的所有想法，但這一次她所說的話，我不想再有所猜疑了。相反地，我還要證明她所言的一切不假。

我果斷做了一個決定，我要盡我所能完成她的計畫。這個計畫乍看之下雖然容易：只要每個家庭得到一塊可以永久使用的一公頃土地，讓他們在此建造祖傳家園、自己的家鄉，然而我可是在計畫的細節上想破了頭。這計畫看似輕而易舉，同時又讓人難以置信。

太神奇了！居然不是經由農學家，而是由一位泰加林的隱士向我們證明，只要土地有正確的耕種規畫，不出幾年的時間就無需施肥，就連不太肥沃的土壤都會改善！

阿納絲塔夏主要是以泰加林的情況為例：泰加林幾千年來供萬物生長，也從來沒有人施肥過。她說土地上生長的一切，都是神的思想所化成的形體。祂早已把一切安排妥當，讓人類不需為了食物的取得而煩惱，只要試著理解造物者的思想，與祂共同創造美好的事物就行了。

我也可以舉一個自己看過的例子。我之前去過賽普勒斯，島上的土壤佈滿石礫，但從前並非如此。幾個世紀以前，島上還有漂亮的雪松林、果樹，大部分的河川都流著純淨無比的淡水，就像是一座人間樂園。後來羅馬大軍壓境，開始砍伐雪松去造船，島上的雪松林遂被砍伐殆盡。如今島上有一大部分只剩下幾乎乾枯的植被，即使在春天，看起來也像是一片燒過的枯草。夏天的雨量越來越少，乾淨的水也漸漸不足，居民不得不用船隻把肥沃的土壤運到島上。人類沒有讓原有的創造更加完善，他們野蠻的干擾只讓一切變得更糟。

阿納絲塔夏在描述自己的計畫時說到，土地上一定要種一棵家族樹，而且不能將去世的人葬在公墓，要在他們親手創造的美麗祖傳土地上安葬他們。墳前不需任何墓碑，紀念一個人要用活的東西，而不是沒有生命的物品。以人類有生命的創造來紀念親人，如此靈魂才能再度以物質形體，誕生在人間的天堂樂園中。

葬在公墓的人無法上天堂，只要親朋好友仍會想起他們的死去，他們的靈魂就沒有辦法再度以物質形體誕生。墓碑是死亡的紀念碑，葬禮是黑暗力量想出來的，為的是要囚禁人類的靈魂，就算只是暫時也好。我們的天父從未替自己心愛的孩子製造任何痛苦，甚至悲傷也沒有。所有神聖的創造都是永恆、自給自足，而且可以自行重生的。在地球上生活的萬物，從外表簡單的一株小草到人類，都是完整且永恆的和諧一體。

我認為她在這一點說得對極了，看看現在的情況就知道了。現今科學家說，人類的思想是物質，如果真是這樣，那我們將去世的親人當成死者思念，就等於把他們困在死亡的狀態，讓他們的靈魂受到折磨。阿納絲塔夏堅信，人類（或更精確地說——人的靈魂）可以永世長存，不斷在新的肉體內重生，但這只有在一定的條件下才會實現，而阿納絲塔夏在計畫中構想的祖傳家園就能創造這樣的條件。這一點我是完全相信的，至於要證明或反對阿納絲塔夏對生與死的敘述，或許還是交給更有資格的神祕學家吧。

「噢，會有很多人反對妳的。」我對阿納絲塔夏說，而她只是笑笑地回答我：「一切很快就會發生，弗拉狄米爾。人的思想可以生出物體、改變物體、預先決定各種事件，以及創造未來，所以那些試圖證明人類存在只是暫時的反對者，終將落得自我毀滅的下場，因為正是這樣的想法，讓他們走上絕路。

「那些瞭解自己使命和永恆本質的人，會過著幸福的生活、永世重生，因為這樣的想法，為他們自己創造了幸福的永恆。」

當我開始評估計畫的經濟效益時，我又更喜歡這個計畫了。我相信任何人只要按照阿納絲塔夏的計畫建造祖傳家園，就能為自己的孩子和孫子創造一個舒適的生活，這不僅止於給孩子吃好的、住好的。阿納絲塔夏曾說，圍籬要用活的樹木，一公頃的土地要有四分之一是森林。兩千五百平方公尺的森林大約要三百棵樹，大概可在八十到一百年後砍伐，生產四百立方公尺左右的木材。現在經適當乾燥且加工過的木材，一立方公尺至少要價一百美金，而全部就是四萬美金。當然不是把整座森林砍完，只要從高齡的樹木選擇需要的部分，接著再種新的樹木代替。按照阿納絲塔夏的計畫建造的祖傳家園，總價或許可達一百萬美金以上，而且任何家庭都有能力建造這樣的家園，即使收入一般的家庭也可以。房子剛開始可以普通一點，規劃正確且美觀的土地，才會是最大的財富。現在一些有錢人家，還會出高價請專業的造景公司，這在莫斯科就有四十家左右，每天的案子應接不暇。要將房子四周的土地規劃正確且美觀，每一百平方公尺就估價一千五百美金以上。

栽種一棵六公尺高的針葉樹需要五百美金，不過想要住在優美環境裡的人都願意負擔這樣的高價。他們之所以出錢，是因為他們的父母沒能想到為孩子建造祖傳家園。但要做到這點不需要很有錢，只要分得清楚事情的優先順序。如果我們自己都不了解這些簡單的道理，又如何養育我們的孩子呢？阿納絲塔夏說得對，教育要先從自身做起。

我渴望建造一個屬於自己的家園：取得一公頃的土地、建造房子，而最重要的是在周圍種下不同的植物。我要按照阿納絲塔夏描繪的方式創造自己的家鄉，也讓四周有別人所建的美好家園。阿納絲塔夏和兒子可以搬來住，或至少來做客，接著還有孫子和曾孫。也許我們的曾孫想在城裡工作，但還是可以回到祖傳家園休息。在一年一度的七月二十三日，也就是大地日這一天，或許所有親戚都能回老家團圓。到時我當然已經不在人世了，但是我所建造的家園還會留著，上面生長的樹木和花園也會留著。我會挖一座小池塘，放一些魚苗，讓牠們長大。樹木會按照阿納絲塔夏所說的方式特別規劃。有些地方，後代可能會喜歡，有些則可能想要改變，但無論如何，他們都會記得我。

我會在自己的家園長眠，要求別以任何形式為我立碑。我不希望有人帶著哀慟的神情，在我的墳前虛情假意。事實上，我不想要任何哀傷的氣氛，不需要墳墓和墓碑，只要有鮮嫩的小草和灌木叢，從我的身體穿越土壤長出來，或許還有任何對後代有益的漿果便已足以。墓碑有何意義？毫無意義，只會帶來悲傷。當別人走進我所建造的家園時，只會快樂地想起我，不會難過。是啊，我要為他們如此計劃，這樣種下每一棵樹……

我在腦中不斷地織夢，愉悅地構想著這件大事。必須趕快開始、做點什麼。我得早一點回城，但是從森林到河岸還有十公里左右的路程，真希望可以快點走完！突然間，我的腦中閃現有關俄羅斯森林的資訊，我沒有把所有的數字都記下來，所以下面是我在某個統計報告中讀到的資料：

森林是俄羅斯的主要植被類型，面積共佔國土百分之四十五。俄羅斯擁有全世界最大的森林儲量，一九九三年森林共有八億八千六百五十萬公頃，木材總量達八百零七億公頃，分別佔世界儲量的百分之二十一點七和二十五點九。木材比例高於森林，乃是因為俄羅斯的森林比其他國家成熟多產。

在平衡大氣及調節氣候方面，森林扮演舉足輕重的角色。根據莫伊謝耶夫（B.N. Moiseyev）的統計，俄羅斯森林的大氣平衡為十七億八千九百零六萬四千八百噸的二氧化碳，比上十二億九千九百零一萬九千九百噸的氧氣。俄羅斯森林每年的碳儲量可達六億噸，這樣可觀的氣體交換量，對地球的大氣成分和氣候有巨大的穩定效果。

這就是現在的情形！不少人說過，俄羅斯背負某個特別的使命，但那不是未來，而是正在發生的事實。

試想：全世界的人或多或少都在呼吸俄羅斯的空氣，他們正在呼吸這片森林製造的氧氣，而我就走在這裡。我想知道，這片森林供應給全地球的只有氧氣嗎？或許還有其他重要的東西？

這次獨自走在泰加林裡，我不再像之前那樣感到不安，反而覺得很像在安全的公園裡散步。泰加林當然沒有公園小徑，路上不時有倒下的樹木、茂密的灌木叢，但我這次沒有因此生氣。

我在路上會摘幾顆像是覆盆子和醋栗的漿果，這是我第一次這麼好奇地觀察，這才發現樹木即使品種相同，也有截然不同的外表。植物的生長位置也各不相同，形成一幅幅獨一無二的圖畫。

我第一次認真地觀察泰加林，它似乎變得友善許多。這種感覺大概是因為我知道自己的小兒子就生在這片森林、住在林間空地，而且阿納絲塔夏也在這裡——一位從見面起便改變我一生的女人。

在這片無邊無際的泰加林中，有一塊阿納絲塔夏不願離開的小小林間空地。她不會拿這塊空地交換公寓，即使多麼金碧輝煌也不會。乍看之下，這塊空地只是個既普通又空曠的地方，沒有房子、沒有棚子、沒有任何生活設備，可是她只要一往空地走近，就會馬上開心起來。而在第三次來到她的林間空地時，不知為何我也有這樣的感覺，彷彿跋山涉水後回到家一樣。

我們的世界不斷發生一些奇怪的事情。數千年來，人類社會極力追求人人幸福、富裕，但仔細看就會發現，即便人生活在社會的核心、現代文明城市的中心，卻越來越常發現自己處在脆弱無助的情況。一下發生車禍，一下遇到搶劫，還有各種病痛纏身，生活離不開藥局，或者因為什麼不如意而自我了結。自殺率在這些生活水準高的文明國家尤其居高不下。電視上常有各地的母親求援，說自己的孩子沒東西吃，家人都在挨餓。

阿納絲塔夏和小孩住在泰加林，完全是另一個文明。她對我們的社會毫無所求，不需要警察或軍隊保護她。但她總是讓我覺得，在這塊林間空地裡，不可能會有壞事發生在她和孩子身上。

是啊，我們的確屬於不同的文明，而她提議要在兩個世界中各取所長。這樣一來，地球上會有許多人改變生活型態，一個全新又幸福的人類社群將會誕生。這個社群會很有趣，新奇又獨特，像是這樣……

2 品嚐宇宙

長久以來，我一直無法認同阿納絲塔夏的做法，她總是完全放心地把仍未斷奶的孩子丟著一個人不顧。她會把孩子放在灌木叢底下的草地上，或是正在休息的母熊或母狼旁邊。我已經相信沒有任何動物會碰孩子，牠們反而會誓死保護他，但何必要保護他呢？如果周遭的動物都像保姆一樣，為什麼還需要保護？但把仍未斷奶的孩子丟著一個人，這種做法還是讓我不太習慣，所以我試著說服阿納絲塔夏不要這樣。我告訴她：

「雖然沒有動物會碰孩子，但也不表示不會有其他壞事發生。」

而她回答：

「弗拉狄米爾，我猜不出來你想到了哪些壞事。」

「很多啊，一個無人照顧的孩子會發生很多意外，像是如果他爬上高處，摔下來會扭到腳或手。」

「孩子自己能爬的高度，是不會讓他受傷的。」

「那如果他吃到有害的東西呢？畢竟他還不懂事，什麼都往嘴裡塞，過不了多久就會中毒的，到時誰要替他清理腸胃？附近沒有任何醫生，到時妳也沒有灌腸劑可以替他緊急灌腸。」

阿納絲塔夏只是笑了笑說：

「弗拉狄米爾，為什麼需要灌腸劑？清理腸胃有其他方法，而且還更有效。」

「什麼方法？」

「你要試試看嗎？這一點都不麻煩，我現在就拔一些草給你……」

「等一下，不用了，我明白。妳是要拿會讓我腸胃不適的東西吧。」

「你的腸胃不適很久了，藥草可以幫你把腸胃裡骯髒的東西全部排出。」

「我明白了，妳會在必要時給孩子藥草，讓他可以排泄出來，但何必讓孩子遇到這種事呢？」

「不會的，我們兒子不會吃到任何有害的東西。小孩——特別是習慣母乳且仍未斷奶的小孩——絕對不會大量食用其他東西。我們的兒子只會嚐一下漿果或小草，如果東西有害、對他的身體不好，他會嚐到苦味，然後自己吐出來。如果吃了一點後開始肚子痛，他會嘔吐，並且記得那個東西不能吃。但這樣可以讓他透過味覺認識整個地球，而不是從別人的口中得知。你就放心讓我們的兒子品嚐宇宙吧。」

整體而言，或許她說的是對的，我們的孩子至今沒有遇到任何不好的事，而且我還發現一個有趣的現象：阿納絲塔夏林間空地四周的動物，會自己訓練或教導幼獸如何與人類互動。我原本以為是阿納絲塔夏教牠們的，後來才發現她沒有花時間在這上面。

有一次，我就看到這樣的情形：在陽光下，我們坐在林間空地的邊緣，阿納絲塔夏剛剛餵完母乳，兒子幸福地躺在她的懷裡。一開始，他看起來像在打盹或睡著了，但他的小手開始摸起阿納絲塔夏的頭髮，臉上露出微笑。阿納絲塔夏看著兒子微笑，在兒子的耳邊輕聲細語。

我看到母狼帶著一家人——四隻還小的幼狼——走進林間空地。母狼往我們的方向走來，但在約十公尺遠的地方停了下來，然後躺在草地上。跟在後頭的幼狼立刻貼著牠的腹部。阿納絲塔夏在看到躺著的母狼和幼狼之後，從草地上起身，手裡抱著兒子走了過去，在離母狼約兩公尺處蹲了下來。她面帶微笑，端詳母狼的孩子，同時親切地說：

「哇，看看我們聰明的母狼，生了幾隻多麼漂亮的小狼啊！其中一隻小狼一定會成為領袖，而這個小女生會很像媽媽，將來會成為媽媽的開心果，也會讓家族好好地延續下去。」

母狼看起來昏昏欲睡，可能是因為睡意來襲，或是阿納絲塔夏輕柔的聲音，讓牠閉上了雙眼。幼狼離開母狼的腹部，看著阿納絲塔夏。其中一隻幼狼不太有自信地往她的方向移動。

此時，剛剛還在打盹的母狼突然跳了起來，用牙齒咬住幼狼，把牠放回其他幼狼身邊。同樣的事情發生在另一隻幼狼身上，接著第三隻、第四隻，牠們全都試著靠近阿納絲塔夏。還小的幼狼不停地嘗試，但母狼就是不讓牠們離開，直到牠們不再嘗試為止。兩隻幼狼扭打了起來，剩下兩隻則溫馴地看著我們。阿納絲塔夏懷裡的孩子也注意到母狼和幼狼，開始看著牠們，不安分地動著雙腳，發出某種呼喊的聲音。

阿納絲塔夏把手伸向母狼和幼狼，其中兩隻幼狼有點沒自信地朝著人類伸出的手走近，但母狼這次沒有阻止牠們，反而把另外兩隻還在嬉戲的幼狼推向伸過來的手。不一會兒，四隻幼狼都到了阿納絲塔夏的身旁，一隻輕輕咬著阿納絲塔夏伸出的手指，一隻用後腳站起身來，趴在她的手上，另外兩隻則往她的腳鑽。懷裡的兒子開始蠕動，顯然想要靠近那幾隻幼狼。阿納絲塔夏把他放在草地上，而他立刻忘我地和牠們玩了起來！阿納絲塔夏這時走向母狼，溫柔地撫摸牠的脖子，然後回到我的身旁。

我才發現，那隻母狼有受過訓練，不會擅自打擾阿納絲塔夏，只會在看到特定的手勢後才靠近她，而牠正在教孩子同樣的事情。母狼必定是受到母親的教導，而母親也是自己的母親教的，就這樣一代傳一代，學習與人類互動的規則——必須說，這是一種帶有敬意又有技巧的互動方式，但又是誰、用了什麼方式教會牠們另一種互動——攻擊人類——呢？

在我接觸這位西伯利亞泰加林隱士的這段期間，心裡出現了各式各樣的問題——一些我以前從不可能想到的問題。阿納絲塔夏並不打算改變自己的隱居生活，但是……等一下！每當我把阿納絲塔夏想成隱士時，都會把「隱士」聯想成與世隔絕、遠離現代資訊的人，但結果呢？每當我從她的林間空地回來後，都會出版新書。新書受到很多讀者討論，有年輕和年老的，還有學者和宗教領袖。到頭來，並不是我從擁有所有資訊的社會帶資訊給她，而是她提供了我們社會感興趣的訊息。

所以誰才真的算是隱士？我們是否都迷失在大量的資訊裡？或者更精確地說，是在看似豐富的資訊裡。事實上，是我們遠離或脫離了真正的訊息來源。實在讓人訝異，阿納絲塔夏偏遠的泰加林林間空地，其實才是資訊的中心，彷彿太空發射基地，把我們帶往不同的存在次元。那我到底是誰？我們是誰？阿納絲塔夏又是誰？無論如何，現在大概都不重要了吧？重要的是，她最近曾說過，可以改善個人的生活，乃至於國家或人類社會的整體生活，而這要從改變個人的日常生活條件做起。

一切出奇容易，只要給人至少一公頃的土地。她接著描述應該在這塊土地上做什麼，然後……太不可思議了，真的就這麼簡單……愛的能量會永遠伴隨著人類，夫妻彼此相愛、孩子幸福美滿、許多疾病消失不見，不再有戰爭和災難。人會離神更近一些。

事實上，她建議在大城附近規劃許多與她林間空地相似的土地，但是她並沒有反對我們利用文明的成就。她說：「要讓負面的為好的服務」。我相信她的計畫，相信這在我們的生活中實行後，一定會帶來美好的結果。而且，其中許多方面我都懂了，只差按部就班地重新檢視、思考一切，依照各地的不同調整她的計畫。

阿納絲塔夏對土地及其規畫的想法讓我非常著迷，我實在等不及快點回家，看看科學家是否談過這種聚落。世界上是否有類似的聚落？我想先規劃新聚落的細節，然後與想要加入的人一起建設。這當然不是單靠我，或者任何一個人，就能規劃出這種美好的未來聚落，而是要同心協力！我們必須一起討論，以他人的錯誤為借鏡，規劃出自己的聚落。

3 曙光村的夢想

從阿納絲塔夏那兒回家後的幾個月，我積極地蒐集並研讀有關生態聚落的資料，大部分的資料都是描述國外類似的聚落。我總共蒐集到八十六個聚落的資料，分別位於十九個國家，包括比利時、加拿大、丹麥、英國、法國、德國和印度等等。但是這些資料沒有讓我特別開心，因為所有國家的運動規模都不夠大，也沒有任何聚落可以對這些國家的社會情況帶來實質的影響。其中一個最大且最知名的聚落位於印度，叫做「曙光村」（Auroville）。以下讓我來描述一下這個聚落：

曙光村是由整體瑜珈創辦人斯瑞・奧羅賓多（Sri Aurobindo）的妻子米拉・里查（Mirra Richard）於一九六八年創立。當初的構想是要在本地治里市（Pondicherry）附近一塊印度政府分配的土地上，也就是在斯瑞・奧羅賓多自四〇年代創立整體瑜珈中心的地方建設聚落，並發展為擁有五萬人口的城市。曙光村又名「曙光之城」，目的是要實現團結眾人的理想，共同建立和諧的物質世界，不與精神世界背道而馳。米拉・里查在章程中寫道：「曙光村將成為精神和物質研究的場域，在生活中體現真正的世界大同。」

建立居民與自然世界和平共處、與精神和愛和諧共存的城市，這個想法受到印度政府（以及甘地本人）和聯合國教科文組織的認同，因而獲得印度政府的財政補助，以及眾多人士的贊助。動土典禮共有一百二十一國和印度二十三邦的代表參加，啟動建設這座美麗的城市，想必這是全球眾多「靈性人士」的夢想。

然而，米拉・里查在一九七三年去世後，奧羅賓多的學生薩特普雷姆（Satprem）開始強烈抨擊曙光村，認為那只不過是一種「營利事業」。斯瑞・奧羅賓多的修院管理這個「事業」的大部分資金，聲稱有權管理聚落中的一切事務，但居民認為他們的聚落屬於全世界，並不受修院的管轄。修院和居民的精神領袖自此展開激烈的爭吵，不僅在想法上爭得互不相讓，甚至開始出現肢體衝突。一九八〇年，印度政府不得不取消斯瑞・奧羅賓多協會的治理權，開始在當地設立永久警察局。斯瑞・奧羅賓多的運動和教導，也因曙光村的情況而受到巨大的波及。

曙光村目前人口約有一千兩百人，並非創建人當初設想的五萬人。整個區域包含當地居民共有三萬人，十三個村落。曙光村的夢想成為泡影，可能是因為曙光村的居民可以持有許可證建造房屋，但是房屋的法定土地卻為曙光村所有。這意味著，居民花錢取得土地，土地卻在曙光村名下。結果變成外界完全信任曙光村，卻沒有任何居民對其有完全的信任，每個居民都必須依賴聚落生活。此外，這項計畫是由自稱具有高度靈性的人士規劃出來的，所以顯然除了靈性之外，還有其他方面需要考量。

曙光村目前的狀況讓我十分擔憂苦惱，雖然這不會讓我懷疑阿納絲塔夏的計畫，但我的腦中仍會出現負面的想法。畢竟在人類存在的靈性理解上，印度乃公認首屈一指的國家，如果這種示範聚落在印度都不成功了，況且還有印度政府、聯合國教科文組織和各國人士的資助，阿納絲塔夏又如何憑藉自己的力量，預見前方的所有「暗礁」呢？即使不是只有她一人，即使還有認同她看法的廣大讀者一起試著規劃、思考及預想所有的事情，還是不能保證大家的努力會成功，因為根本沒有任何經驗可以依循。

假使有人知道哪裡可以找到基石，為個人和整體社會建立幸福的生活，幸福的社會老早就出現了，但它就是不存在！所有國家都沒有，全是負面的經驗，到底要上哪去找正面的經驗呢？

「俄羅斯！」阿納絲塔夏回答。

4 新文明的預兆

「美好新未來的幼苗，已在俄羅斯夏屋小農的心中成長茁壯！」這句話不自覺地浮現在我的腦海，阿納絲塔夏此時並不在我身邊。我頓時想起，她在四年前是如何興奮又開心地談到俄羅斯的夏屋小農。她認為，正是因為這些夏屋小農，地球才能免於一九九二年的全球浩劫。事實上，這場驚人的運動早已在俄羅斯展開，而且對地球的某些地方產生了影響。我記得她說：

「……數以百萬計的雙手，用愛碰觸著大地；用自己的雙手，而不是用機器。俄羅斯人在他們小小的夏屋園地上，溫柔地觸碰大地。地球感覺到了，感覺到每一隻手的撫摸。地球雖然很大，但也非常、非常敏感。地球因而找到了支撐下去的力量。」

四年前，我沒有認真想過這段話，但在我得知世界各國有這麼多人，試著建立靈性生態村後，我突然明白……在俄羅斯，即使沒有強力的號召、呼喊、廣告或盛大的儀式，但早已實現規模最大且對全體人類深具意義的計畫。在俄羅斯眾多夏屋小農聚落的面前，那些各國建立生態村的資料都顯得可笑。

你們自己想想：在我眼前有這麼多篇文章，以及各式各樣的報告文獻，無不認真地討論生態聚落應有多少人口——文中建議不要超過一百五十人，且都非常重視生態聚落的管理機構和靈性領導。

然而，俄羅斯的夏屋合作社早已行之有年，有些還超過三百戶家庭。每個合作社都由一至兩人管理，他們通常是退休人士。或許可以把俄羅斯這種夏屋合作社的理事稱為管理員吧？他們比較類似登記處，或者說是執行多數人意願的管理員。

俄羅斯的夏屋運動沒有中央管理單位，但根據國家統計委員會一九九七年的資料，全國共有一千四百七十萬戶家庭擁有果園，七百六十萬戶家庭擁有菜園。這些家庭耕種的總面積達一百八十二萬一千公頃，單獨貢獻了全國百分之九十的馬鈴薯、百分之七十七的漿果和水果，以及百分之七十三的蔬菜。

想當然耳，那些多年來計劃生態聚落和生態村的理論學者，一定會試著反駁我，認為夏屋合作社不能算是生態聚落。對此，我要立刻回應他們：重點在於本質，而非名稱。

俄羅斯絕大多數的夏屋合作社都符合生態聚落的原則。不僅如此，夏屋小農不會大聲嚷嚷自己的靈性成長，以及謹慎對待大自然的必要性。他們不會光說不練，而是用生活方式證明自己的靈性成長。他們種了上百萬棵樹，多虧他們努力開墾數十萬公頃因貧瘠而被視為一無是處的土地，這些所謂的荒地才能長出豐碩的作物。

我們常常聽到，俄羅斯有部分人口正處飢餓邊緣，並不時有老師罷課、礦工罷工，政治人物忙著尋找讓國家脫離危機的辦法。在經濟重建時期，俄羅斯不僅一次差點爆發大規模的社會暴動，但始終沒有發生。現在我們試著假設，在那個剛過不久的年代，如果把百分之九十的馬鈴薯、百分之七十七的水果，以及百分之七十三的蔬菜從我們的生活中拿掉，全部換成數百萬人的不安感。要是去除夏屋在那些年安定人心的因素，就不得不像剛才那樣假設。我們不需要是心理學家，也看得出來夏屋小農在接觸自己菜園時所獲得的安定感。如果真的不算這個因素，那一九九二年、一九九四年或一九九七年會變得怎樣？這些年都有可能發生大規模的社會暴動。而在這個滿是致命武器的星球上，這種暴動會帶來什麼樣的後果？

但是浩劫沒有發生。阿納絲塔夏斷言，我們之所以躲過了一九九二年的全球浩劫，都是多虧於俄羅斯夏屋小農的功勞。在我讀完所有解釋這個情況的資料後，我也開始相信她了。

我們國家究竟是哪個有智慧的領導人物，做出支持俄羅斯夏屋運動的決定，而且這早在蘇聯時代就有了，或許這是老天特別安排，讓這樣的運動出現在俄羅斯，不過這已經不重要了。現在重要的是，這個運動確實存在！這無非是一個鐵證，證明人類社會的穩定是有可能的——各洲民族努力數千年仍不得其果的穩定。

阿納絲塔夏說，在人類社會發展的過程中，俄羅斯的夏屋運動是最重要的轉捩點。「夏屋小農是眼前美好未來的預兆」，她在想到規劃未來聚落的時候這樣說。我自己也很想住在這樣的美好聚落中，一個位在繁榮國家的聚落，而這個國家就叫做「俄羅斯」。

5 尋找證據

未來的俄羅斯……會是一個美好的國度，現在世代的多數人將過著幸福的生活。

未來的俄羅斯，這個國度將會帶著全世界的人類社會朝向幸福的生活。我看到了璀璨而美麗的俄羅斯，是她——阿納絲塔夏，讓我看到我們國家的未來。這位狂熱而努力不懈的西伯利亞泰加林隱士，無論她是否能到其他星球、穿梭過去或未來；無論她是用何種方法或什麼看不見的線，將不同國家的人類靈魂結合成一股強烈的創造衝動，這些都已經完全不重要、沒有意義了。現在重要的是，這種創造衝動確實存在。她是從何得知有關我們生活的各種資訊和知識，難道這還重要嗎？相形之下，由這些知識所產生的結果反而重要多了——不同城市的居民在接觸她的訊息後，紛紛種起雪松大道、製作雪松油，還有越來越多有關美好事物的歌曲和詩作湧現。

這真的是太棒了！她夢想，我寫書，然後轉眼就成真了！就像某種奇蹟！不過這個奇蹟是在真實生活中、在眾人面前實現的。現在，她又夢想著美好的國度，這難道不會實現嗎？

當然會！我們一定要幫上什麼忙！

思考並分析阿納絲塔夏讓我看到或明瞭到她曾經對我說的事情，也讓我越來越相信美好未來的真實性。我對此深信不疑。

雖然我開始相信阿納絲塔夏所說的一切，但我卻一直無法寫下或發表有關未來俄羅斯的章節。前一本書《共同的創造》沒有這個章節，而這本書也因為這樣拖稿了好幾次。我想讓所寫的一切看起來真實，足以讓讀者信服，不只讓我，也能讓很多人相信，並且開始行動，創造美好的未來。然而，阿納絲塔夏的某些說法，仍讓我寫不出令人信服的內容。

我在《共同的創造》中寫道，阿納絲塔夏認為，整個大自然正是神的思想體現。如果人類能夠加以理解，哪怕只是一部分也好，就不需浪費這麼多力氣取得食物、為土壤施肥（因為土壤有自我恢復的能力）、浪費精力與各種害蟲和雜草纏鬥。人類不需再為了生活瑣事煩惱，而可去做人類生命中更應該做的事情——與神共同創造美好的世界。我希望讓很多人相信她的話，可是如果整個農業技術（不只是我們國家）都不能沒有肥料的話，大家又怎麼會相信她呢？

世界各國有許多工廠，都在製造加入土壤的各種化學物質。我曾多次帶著這些問題請教不同的農業專家，可是每次都得到千篇一律的傲慢回答：「當然可以在一公頃的土地上種出天堂樂園，可是必須沒日沒夜地在裡面工作。不替土壤施肥，就不會有豐收。更不可能不用農藥，否則作物會被大量的害蟲破壞。」當我提起阿納絲塔夏的例證，也就是泰加林所有植物的生長不需人類幫助時，那些科學家說：「那就假設可以生長，假設你的隱士所言不假，泰加林的機能是神直接賦予的，可是人類需要的不只是泰加林的植物，像泰加林裡就沒有果園，因為果園需要人類的照料，不會憑空出現。」

我曾去過「果園百貨」、「園丁」和「夏屋小農」這類的店鋪好幾次，看到很多人購買一袋袋不同的化學藥劑。我看著這些人，心想，他們絕對不會相信阿納絲塔夏所說的話，所以描寫俄羅斯的未來毫無意義，他們壓根不會相信的。他們之所以不相信，是因為這個未來必須要他們先有全新的意識——一種對待地球、大自然的不同態度，但現代沒有任何人可以證實她的說法，也沒有任何真實的例子佐證。實際上，一切都與她所說的相反。生產各種農藥的工廠仍在運轉，販賣肥料和化學藥劑的商店林立，很多人都在從事農業的科學研究。阿納絲塔夏的說法欠缺有力的證據，而這對我的影響很大，已經讓我寫不出任何東西來，所以我才答應去一趟奧地利的因斯布魯克。德國有一家出版社打電話跟我說，霍中恩（Leonard Hoscheneng）生物能量研究所的所長請我為歐洲的一群知名治療師，發表有關阿納絲塔夏的演講。研究所會補助交通費和住宿費，也預計支付一小時一千馬克的演講費。我不是為了錢去的，而是想找出多數人可以相信及理解的論點，無論是贊成或反對阿納絲塔夏的計畫——她對俄羅斯未來的看法——都沒關係。

邀請我為治療師演講的霍中恩博士，本身是一名專業醫師和世襲的知名治療師。他的爺爺曾替日本皇室和許多政商名流治療。他的私有不動產除了研究所外，還有幾間小型舒適的飯店（多數病患會從歐洲各國慕名而來）、一間餐廳、一座公園，還有幾棟位於市中心的房子。他是一位百萬富翁，可是他的生活方式，與多數俄國人心中所想的西方有錢人截然不同。就我所知，有關病患治療的所有繁重工作都是由他親力親為，他會親自接待每個來找他的病患，有時一天可到五十個人，工作時間可長達十六個小時，偶爾才會把看診的工作交給……俄羅斯的一位治療師。

在因斯布魯克為治療師演講時，我知道他們對阿納絲塔夏最感興趣，所以我大部分的時間都在描述她的故事，最後也稍微談到她的計畫，心裡默默希望能聽到他們對這個有關俄羅斯未來的計畫持贊成或反對的意見，但是他們沒有贊成，也沒有反對，只是一直提出問題要我說明。

當晚，霍申恩在餐廳辦了一場晚宴，不過我覺得純粹只是頓晚餐。雖然每個人都可以自由點餐，但是他們都很謙虛地只點了沙拉，沒有人喝酒或抽菸。我自己也沒有點飲料，這不是因為我害怕自己看起來像害群之馬，純粹是因為我突然不想吃肉或喝酒。餐桌上的話題又回到阿納絲塔夏，過程中還誕生了一句話（但我不記得是誰先說的）：「俄羅斯的美好未來與西伯利亞的阿納絲塔夏有關」。這句話引起大家的注意，義大利、德國、法國等國的治療師紛紛以不同的詮釋重複這句話。

我原本期待聽到細節，想知道為什麼會有美好的未來，而這又會如何展開？但是沒有人說出具體的證據。治療師都是憑著自己的某種直覺表達想法，可是我需要證據：人類真的不需特別費力，只要正確地理解誰也看不見的神的想法，地球就能孕育人類嗎？

在我回到俄羅斯後，我想起那些歐洲治療師所說的話，但心中已經沒有特別的期待。我要繼續尋找具體的證據，也準備好隨時為此啟程，但不需到很遠的地方。後來有個不可思議的巧合，好像是有人故意安排的，那不僅讓我看到理論的證據，更是一個真實且活生生的鐵證，可以證實阿納絲塔夏所說的話。

事情是這樣的……

6 永恆的果園

我與弗拉基米爾城的「阿納絲塔夏文化基金會」員工去了一趟鄉下，中途停駐在一座美不勝收的池塘岸邊。女士擺出各種沙拉，男士則幫忙生火。我站在岸邊，若有所思地看著池水，心情不是太好。這時，住在附近村莊的薇洛妮卡突然對我說：

「弗拉狄米爾先生，離這七公里以外的田野之間，有兩座舊貴族莊園，那裡已經看不見建築物的痕跡，只有果園留了下來。果園雖然無人照料，但每年還是會結果，產量甚至比村裡有人照顧和施肥的果園還多。一九七六年，寒冬肆虐附近地區，村民的果園受損，不得不重新耕種，可是田野間的這兩座果園不受寒冬影響，沒有任何一株果樹凍死。」

「為什麼不受寒冬影響？」我問，「是特殊的抗寒品種嗎？」

「是一般的品種，不過這兩座舊莊園在一公頃土地上的整體結構、種植方式……您知道嗎，都和書中阿納絲塔夏所說的很像。兩百多年前，莊主在這些果園的四周種滿西伯利亞雪松和當地的橡樹……而且那邊牧草做的乾草比較飽滿，放很久都不會腐爛。如果您想看看，我們現在可以直接過去。到那邊要走田野小路，不過吉普車開得過去。」

我不敢相信自己的耳朵。是誰？為什麼？在這個對的時間、對的地點，帶來這樣的禮物？我們遇到的事情真的是巧合嗎？

「出發吧！」

路上經過舊集體農場的農田，雖說是農田，但比較像是雜草叢生的草地。

「耕種面積縮小了，農業公司沒錢施肥。」薇洛妮卡的丈夫葉夫根尼表示：「不過這樣土壤才能休息。除了土壤之外，今年又有鳥兒在唱歌了，牠們從來沒有像這樣開心地啾啾叫。牠們為何開心？大概是因為現在田野間的小草沒有化學藥劑。奶奶跟我說過，在革命爆發以前，這些草地之間曾有幾座村莊，但現在沒有留下任何痕跡。喏，您看！舊貴族莊園就在小徑的右邊。」

我在遠方看到許多高大茂密的樹木，佔地大約一公頃，彷彿田野和草地之間偶然形成的綠色小島。當我們靠近時，我在這些兩百多年的茂密橡樹林和灌木叢之間，看到有一個通往這座森林綠洲的入口。我們走進那個入口，接著……我們到了裡面……想像一下，裡面有好幾棵樹幹粗糙的老蘋果樹，向四周伸展著自己的枝枒，高掛的蘋果數量多得令人稱奇。四周沒有人鬆土，也沒有噴灑除蟲劑，老蘋果樹就在小草間結果，蘋果毫無蟲蛀的跡象。有些蘋果樹的樹齡很大，樹枝還因為蘋果太重而斷裂，恐怕今年就是它們最後一次結果了。

它們再過不久就會枯死，但是在每株年邁的蘋果樹旁，都有新的樹苗破土而出。我心想：「或許這些樹木不會死，至少會等到它們看到自己的種子冒出鮮嫩強壯的幼苗。」

我走在果園裡，嚐了幾顆蘋果，在周圍的橡樹林間散步。我彷彿看到創造這座美麗綠洲的人實現了他的想法，彷彿聽到他在想：「就是這裡了，我要在果園的周圍種橡樹林，為果園抵禦寒冬和乾季的酷熱。鳥兒會在大樹上築巢，防止毛毛蟲佔據大樹。我要在池邊種出一條茂密的橡樹小徑。橡樹長大時，樹冠會在上方彼此相連，形成寬闊的林蔭小徑。」

突然間，有個模糊的想法讓我感覺血液加速流動，這個想法到底要我做什麼？然後……就像靈光一閃……沒錯，是阿納絲塔夏！當然，妳說得對：「當我們接觸並延續神的創造時，就能感受得到祂。」不是透過怪異的舉止、跳上跳下或標新立異的儀式，而是直接面對祂、接觸祂的思想，如此才能瞭解祂的願望和我們自己的使命。我就站在這座人工池塘邊的橡樹底下，彷彿可以讀出當初打造這片生機盎然的傑作的人在想什麼。這個人——這位兩百年前住在此地的俄國人——必定比別人更能感受造物者的思想，所以才能順利完成這個如天堂般的作品——一個屬於他的果園，屬於他的家園。

這位俄國人雖已不在人世，但他的果園留了下來，繼續結出果實，供養附近村莊的孩子。他們每年秋天都會來到這裡享用蘋果，還有一些人會採來販售。而你這位俄國人，無非是希望你的子孫都能在這裡生活。你一定是這樣想的！因為你不是要建造什麼一時的宅邸，而是一座永恆的家園。可是你的後代現在住在哪裡呢？你的祖傳家園早已人去樓空、雜草叢生，池塘也已乾涸，可是不知為何，小徑卻沒有長滿雜草，而是一片如綠色地毯的草地。這個由你打造的天堂角落——你的祖傳家園，必定還在等著你的後代前來。數十年、數百年，至今仍在等著他們。他們究竟在哪？在做什麼？為誰服務？朝誰膜拜？是誰將他們趕離這裡的？

我們國家發生過革命，或許一切可歸咎於此？當然了！革命一定是因為大多數人的意識發生了本質的變化。我的俄羅斯同胞啊，當時人的腦袋究竟發生了什麼變化，讓你的祖傳家園就此荒廢了呢？

當地的耆老告訴我，這位年邁的俄羅斯地主避免了一場殘酷的廝殺發生在自己的家園。

當時，附近的兩座村莊有一群革命份子，在酒酣耳熱之際，成群結隊，要洗劫他的祖傳家園。這位老地主帶著一籃蘋果走向他們，卻死在雙管獵槍的槍口下。他在前一晚就知道他們打算掠奪他的房子，卻說服自己的軍官孫子趕快離開。孫子曾是一名駐守前線的戰士，掛有聖喬治十字勳章，如今只能與他的同袍離開。他們的肩上背著前線的莫辛步槍，馬車還載著作戰時非常好用的機關槍。他大概移民國外，現在都有孫子了吧。

我的俄羅斯同胞啊，你的子孫在別的國家生活，而你在俄羅斯的祖傳家園中，果樹的樹葉仍隨風飄搖，老蘋果樹年復一年地結果，茂盛的果實讓附近的村民驚豔不已。你的房子已經不留一點痕跡，附屬建築都被拆光了，只有果園不受任何影響而保存下來。它無非是希望你的子孫能夠回來，品嚐世界上最好吃的蘋果，可是你的孫子卻遲遲不來。

為什麼事情會變成這樣？是誰讓我們為了尋求自身的幸福，而犧牲我們自己的同胞？是誰讓我們呼吸充滿有害氣體和灰塵的空氣，而不是花粉和宜人的乙太（ether）？是誰讓我們喝下沒有生命的氣泡水？是誰？我們現在是誰？我的俄羅斯同胞啊，為什麼你的子孫不回到自己的祖傳家園呢？

＊＊＊

第二座莊園的蘋果甚至還比第一座的好吃，果園周圍種的是漂亮的西伯利亞雪松。「以前的雪松更多，現在只剩下二十三棵。」當地的居民告訴我，「在革命之後，當時仍以每日的勞動計酬，農民會以採收雪松果維持家計。不過，現在大家都可以去採，只是他們有時會拿大圓木，很用力地撞擊雪松，要把松果撞下來。」

兩百年前由人類親手種下的二十三棵西伯利亞雪松排成一排，就像衛兵一樣為這座美麗的果園抵禦寒風和害蟲。以前的雪松更多，現在卻一個一個死去，這是因為在西伯利亞，雪松周圍總是會有高大的松樹。單棵雪松禁不起強風的吹襲，它的根系分佈不廣。雪松不僅吸收根部的營養，也會從樹冠吸收，所以才要有松樹的保護。但這裡的雪松是成排栽種，雖然撐過了前一百五十年，但是隨著樹冠的擴展，它們也開始一個一個倒下。

過去五十年來，沒有人想到要在旁邊種松樹或樺樹，就讓西伯利亞雪松獨自保護果園、對抗強風。似乎在去年的時候，有一棵雪松開始傾倒，最後倒在旁邊的雪松樹冠上。我看著這棵極度傾斜的樹幹，它的樹冠與旁邊的交纏在一起。樹枝彼此交錯，但傾倒的那棵雪松並未枯死，兩棵都還是一片翠綠、繼續結果。現在只剩下二十三棵雪松，依舊站在那兒互相扶持、結果，以及保護果園。

請你們再撐一會兒吧，來自西伯利亞的你們，我要把你們寫進書中……

噢，阿納絲塔夏，阿納絲塔夏！妳教會我如何寫書，但是為什麼妳沒有教我怎麼寫出能立刻讓很多人明白的文字？要讓很多人明白！為什麼我寫不出大家能懂的內容呢？為什麼思緒亂成一團？為什麼雪松都倒了，大家卻還是袖手旁觀，什麼事都不做？

這些舊莊園將美麗的果園和茂密的小徑保留至今，可是在不遠處有幾座村莊，看起來破壞了周遭的景致。如果從遠處看，會覺得好像有某種蚯蚓在亂竄，將生機勃勃的草原弄得坑坑疤疤的。髒亂的灰色村屋、由各種易蝕建材蓋成的莊園建築、車輛和耕耘機輪胎壓壞的路面沙石，都讓人有這樣的感覺。我問了當地居民：「你們有去過那兩座雪松和橡樹林裡的果園嗎？」很多人都去過那兒吃蘋果，年輕人也喜歡在那邊野餐。年輕人和老人都說：「那邊很美……」可是當我問：「那為什麼沒有人試著把自己的庭院打造成那樣呢？」他們幾乎一口同聲地說：「我們不像那些莊主一樣有錢，沒辦法打造那樣的美景。」老人家告訴我，雪松樹苗是莊主直接從西伯利亞運來的。我又問：「那從這些雪松樹取得松子，然後種到土裡，這樣要多少錢？」他們卻都無言以對……

他們的靜默讓我想到，我們的不幸不是因為沒有機會或方法，而是我們內心的某種「編碼」在作怪。

現在很多有錢人會到鄉下蓋豪宅，這些房子周圍的土地不是遭到挖掘，就是鋪滿了瀝青。房子過個二三十年就要整修，孩子也不會想要這種破舊的地方，不需要這樣的祖傳家園、這樣的家鄉，所以才會四散各地，去找新的地方住。然而，他們會帶著父母傳下來的神祕編碼，在地球上重複過著短視近利的人生，而不去創造永恆的家園。誰可以消除這種無望的神祕編碼？要用什麼方式？

或許，阿納絲塔夏所描述及展示的俄羅斯未來對此能有幫助。而為了消除那些多疑人士的疑慮，我在封面內頁放了幾張照片，都是這些美麗的俄羅斯果園。它們正將自己結滿果實的樹枝，伸向俄羅斯的未來。

7 阿納絲塔夏的俄羅斯

阿納絲塔夏在描述由祖傳家園組成的未來聚落時，我問她：

「阿納絲塔夏，請讓我看看未來的俄羅斯，我知道妳辦得到。」

「的確可以！你想看未來俄羅斯的什麼地方，弗拉狄米爾？」

「莫斯科好了。」

「弗拉狄米爾，你想自己一個人到未來，還是要我陪你？」

「一起好了，妳可以解釋我看不懂的東西。」

阿納絲塔夏溫暖的手掌輕輕一摸，我立刻感到一陣睡意，隨後我看到……

阿納絲塔夏用了當初讓我看到外星生命的方法來顯現俄羅斯的未來，雖然科學家也許哪一天會知道她是怎麼辦到的，但在此刻，討論她所用的方法完全沒有意義。在我看來，最重要的訊息在於：有哪些特定的行動，可將我們帶往這個美好的未來。

未來的莫斯科和我預期的完全不同，城市的腹地沒有擴大，沒有我預期中的摩天大樓。老屋的牆壁漆上鮮明的色彩，許多牆壁還畫有圖畫、風景和花兒。我後來知道這些都是外國人的傑作，他們先是替牆壁上土，然後由同樣來自國外的藝術家彩繪。在許多房屋的屋頂上，藤蔓沿著牆壁垂掛而下，葉子在風中沙沙作響，彷彿在對路過的行人打招呼。

首都的大街小巷幾乎種滿了花草樹木，加里寧大街（現稱新阿爾巴特街）的車道中央，綿延了一條約四公尺寬的綠廊。柏油路旁有約半公尺高的混凝土路緣，圍著一區種著小草和野花的地方，每隔一小段就有不同的樹種交替，有結著一叢叢紅果的花楸樹，還有樺樹、楊樹、醋栗和覆盆子樹叢，以及其他可在天然森林中看到的各種植物。

莫斯科其他的大道和比較寬敞的街道，也都可以看到這樣的綠廊。這些路段的車流量比起現在減少許多，幾乎沒有汽車，主要都是公車。上面的乘客看起來不像俄國人，人行道上大多數的行人也不像。我突然有個念頭，難道莫斯科被科技發展更先進的國家佔領了嗎？但阿納絲塔夏安慰我說，現在看到的不是佔領者，而是外國遊客。

「那是什麼吸引他們來莫斯科？」

「是偉大創造的氛圍、賦予生命力的空氣和水。你看！莫斯科河畔上站了很多人，他們從堤岸高處用繩索掛著容器汲取河水，然後滿懷愉悅的心情喝下。」

「河水怎麼能不煮沸，就直接喝下去？」

「弗拉狄米爾，你看莫斯科河的水多麼清澈乾淨呀。那兒的水是有生命的，並不是沒生命的氣泡水，像現在全世界商店販售的瓶裝水那樣。」

「這一定是幻想，太令人難以置信了！」

「幻想？可是在你還小的時候，如果你和朋友聽到以後的水要用買的，你們會不會覺得那不可能？」

「也對，我小時候是不可能相信那種話的。可是像莫斯科這種大城市，要怎麼讓河水如此乾淨？」

「停止汙染、別再棄置有毒廢棄物、不要在河岸亂丟垃圾。」

「就這麼簡單？」

「對，不是天馬行空，一切就是這麼簡單。現在莫斯科河甚至隔絕了柏油路面的逕流，所有汙染的船隻都不准在河中航行。印度的恆河一度被認為是聖河，但是現在全世界更喜歡莫斯科河和它的河水，也仰慕那些讓河水恢復生命力和原來樣貌的人。世界各地的遊客來到此處，想要看看這個不可思議的奇蹟，嚐嚐河水的味道，從中獲得療癒。」

「那莫斯科人都去哪了？為什麼路上的汽車這麼少？」

「現在莫斯科的居民約有一百五十萬人，但是各國的遊客人數超過一千萬。」阿納絲塔夏回答我，接著又說：「車輛之所以這麼少，是因為留下來的莫斯科人更能妥善地安排每天的行程，減少不必要的通勤時間。工作地點通常就在附近，走路可以到的距離，而遊客只以地鐵和公車移動。」

「其他的莫斯科人去哪了？」

「他們在自己美麗的祖傳家園中生活及工作。」

「那誰在工廠工作？誰要服務遊客？」

阿納絲塔夏給了我這樣的回答：

「當地球上慣用曆法的第兩千年結束時，俄羅斯的領導階層仍在決定國家未來的走向。至於那些世人認為的西方富裕國家，他們的發展並未給大部分的俄羅斯人帶來啟發。

「俄羅斯人嚐過那些國家的食品，但是不喜歡。後來他們明白，那些國家所謂的高科技發展，會伴隨著身體和心靈的各種疾病。犯罪和吸毒人數增加，女人越來越不願意生小孩。

「俄羅斯人對西方已開發國家的生活條件沒有興趣，他們又不想恢復舊有的社會制度，可是也看不見未來的路。國內氣氛日益低靡，影響的社會層面越來越廣，人口逐漸老化、凋零。

「新千禧年之初，俄羅斯總統發起並頒布了一道法令，無條件將一公頃的土地分配給任何願意參與的家庭，供他們打造祖傳家園。根據這項法令，分配的土地為終身使用，而且有權傳給後代。祖傳家園所種的作物無需上繳任何稅。

「國會議員支持總統的計畫，國家憲法也因此做了修正。總統和國會議員原以為，法令的主要目標是減少國內失業率、保障低收入戶的最低收入，以及解決難民的問題，但後來的成果卻超乎他們的想像。

「第一座聚落預計分配給兩百多戶家庭以上，而在分配建造祖傳家園的土地時，不只低收入戶、失業人口和窮困的移民來領，主要還有中產家庭和富有的企業家——你的讀者，弗拉狄米爾。他們一直在準備迎接這樣的轉變，而且他們不是坐享其成，很多人早在自家的盆栽種下家族樹的種子，未來具有影響力的雪松和橡樹已經冒出小小的幼苗了。

「正是這些企業家發起建造計畫、出資贊助，要讓聚落的基礎設施實現你在《共同的創造》中描述的舒適生活。計畫中有商店、診所、學校、俱樂部、道路等等。事實上，這些希望在第一座新聚落中改變生活方式和習慣的人，有將近一半都是企業家……

「他們每個人都有自己的事業、收入來源，所以需要請人建造及開墾土地。他們發現，最理想的方式是請貧困的鄰居來當建築與裝修工。如此一來，部分家庭能夠馬上獲得工作，進而有錢建造自己的房子。企業家知道，沒有人能比自己就要住在聚落的人，更勤奮且更有效率地工作了，所以只有在未來的新聚落中找不到人時，才會請外面的專家幫忙。

「不過未來的果園和森林、家族樹的栽種、有生命的圍籬，還是由他們每一個人親力親為。

「大部分的人都沒有足夠的經驗和知識，不知道哪種土地開墾的方式比較好，所以擁有這些知識的長輩會受到特別敬重。他們特別注重造景，而非一時的建築或房子。在具有生命的寬廣神聖家園裡，他們所住的房子只是其中的一小部分。

「五年後，所有永久居民的土地上都蓋好了房子，大小和風格各不相同，但他們很快就會發現，房子的大小並非最重要的財富，而在於別的東西，也就是每塊土地和整座聚落勾勒出來的美麗景色。

「每塊土地所種的橡樹和雪松雖然還很小，有生命的圍籬也還在成長，但是每當春來乍到，年輕果園中，尚還稚嫩的小蘋果樹及櫻桃樹卻努力地開花，花圃的花草奮力地形成一片美麗又有生命的花毯。春天的空氣充滿了迷人的芬芳和花粉，讓人神清氣爽。住在新聚落的每個女人都想生孩子，不只年輕家庭有這樣的願望，就連已經年邁的長者也都開始生小孩。即使他們可能看不到自己親手建造的美麗家鄉，但他們仍希望孩子可以看到，從中獲得幸福，延續由父母開始的創造。

「那些最初建造祖傳家園的人，還沒有完全感受到自己行為的重要性，只是越來越開心地看著周遭的世界。他們還沒意識到，自己的行動給天父帶來了多大的快樂。天父在地球降下雨滴，降下祂歡樂又感動的淚水。祂透過太陽嶄露笑顏，努力藉著年輕樹木的細枝嫩葉，愛撫著突然間明白永恆並重回到祂身邊的孩子。

「俄國媒體開始報導新聚落，很多人想要看看這些美好的事物，希望自己也能創造類似或更好的家園。

「這種受啟發想要創造美好的願望，出現在俄羅斯數百萬個家庭的心中。仿效第一座聚落的新聚落同時在俄羅斯各地出現，一場類似當代夏屋運動的風潮全面展開。

「讓人民有機會獨立創造生活、獲得幸福人生的首道命令頒布後，九年內已有超過三千萬戶家庭創造自己的祖傳家園、自己的家鄉。他們利用神創造有生命且永久的材料，來建造自己美麗的土地，透過這個方法與祂共同創造。

「每個家庭都把領到可以終身使用的一公頃土地，變成如同天堂樂園的一隅。雖然在幅員廣大的俄羅斯，一公頃的土地看起來微不足道，但是這些土地的數量龐大，而我們的祖國正是由這些土地組成的。有了這些由一雙雙善良的手所創造出來的土地，廣大的俄羅斯才得以成為天堂樂園，這是他們的俄羅斯！

「在每塊一公頃的土地上，都種了針葉林和闊葉林。居民已經知道，這些樹木可為土壤帶來養分，而周圍生長的小草會平衡土壤的成分。沒有人想過要用化學肥料或農藥。

「俄羅斯的空氣和水質有所改善，變得具有療效。食物的問題完全解決。每個家庭不需特別辛苦，就能輕鬆靠著家中所種的作物自給自足，而且還能將剩餘的賣掉。

「俄羅斯每個擁有家園的家庭，開始變得自由且富裕，而整個俄羅斯比起世界其他國家，成了最強大且富有的國家。」

8 最富裕的國家

「等一下，阿納絲塔夏，我不明白整個國家要怎麼突然變得富裕。妳自己也說，祖傳家園的作物不用課任何稅，那國家要靠什麼富裕起來？」

「怎麼會問『靠什麼』呢？你自己仔細想想，弗拉狄米爾，你是企業家呀。」

「就是因為我是企業家，所以我才知道國家總是想盡辦法，要從每個人的身上課更多的稅，妳卻說要讓三千萬個家庭免稅。想也知道，這些家庭會變得很有錢，而國家一定會因此破產。」

「國家不會破產的。首先，失業的問題會完全消失，因為一個原本失業的人，在現在的工業、商業或政府體系中找不到適合自己的位置，現在卻可以完全或部分地投入工作——更精確來說，創造自己的家園。沒有失業人口，就立刻免除了處理失業問題所需的財政資源。這些家庭擁有豐富的作物，國家不需再為農業付出成本。但更重要的是，多虧這些依照神聖計畫建立家園的眾多家庭，俄國政府的財政收入才能遠大於現在販賣石油、天然氣等傳統上的主要收入來源。」

「什麼能比賣石油、天然氣和軍武賺得還多？」

「很多，弗拉狄米爾，像是空氣、水、乙太、接觸創造的能量、思考快樂的事情。」

「不太明白，阿納絲塔夏，妳可以講得具體一點嗎？要從哪裡賺錢？」

「我盡量。俄羅斯這種出奇的改變，讓全世界很多人注意到了。各國媒體開始報導眾多俄國人的重大生活轉變，儼然成了全世界的熱門話題。大量遊客湧入俄羅斯，多到無法消耗所有想來的人，所以很多人只能排隊，等好幾年的都有。俄國政府不得不限制外國遊客停留的時間，因為很多人——特別是老人——都想在俄羅斯待上幾個月，甚至數年之久。

「俄國政府對每位入境的外國人課以重稅，但這一點也沒讓想來的人減少。」

「但如果他們可以從電視上得知一切的話，為什麼還想親自來俄羅斯看看？畢竟妳也說過，全球媒體都在報導新俄羅斯的生活。」

「各國的人民想要更多，他們想要呼吸俄羅斯具有療效的空氣、飲用具有生命的水、品嚐其他國家沒有的果實、親自和邁入神聖千禧年的人交談，讓自己的心靈獲得快樂、治癒飽受痛苦的身軀。」

「有什麼與眾不同的果實？名稱是什麼？」

「名稱一樣，只是品質完全不同。弗拉狄米爾，你已經知道，種在室外、直接接觸陽光的番茄或小黃瓜會比溫室種的好。如果把蔬果種在沒有農藥的土壤裡，還會更好吃、更健康。如果旁邊又有不同種類的小草和樹木，甚至會有更大的療效。種植者的心情和態度也很重要。果實所含的乙太對人體有很大的好處。」

「什麼是乙太？」

「乙太是種香味。你聞到香味，表示有乙太存在，這不僅能滋養肉體，還能滋養人類身上看不見的部分。」

「還是不明白，妳是說大腦嗎？」

「或許可以說，乙太可以強化腦力、滋養靈魂。這種果實只長在俄羅斯的家園，而且要在採集的當天食用，才能發揮最大的效果。因此，各國遊客才會來到俄羅斯，除了做其他事之外，也要嚐嚐這些果實。

「家園的作物在短時間內，不僅擠掉了外國進口的蔬果，還有仍在一般大型農田生長的作物。大家開始明白、感受到這些作物的品質差異。現在流行的百事可樂和其他飲料，被天然漿果所榨的果汁取代，就連現在最高檔、最昂貴的名酒，都比不上家園用天然漿果製作的甜酒。

「這些飲料同樣含有健康的乙太，因為那些在自己家園製作的人知道，漿果要在採收後的幾分鐘內，開始浸酒或製作甜酒。

「那些生活在家園的家庭，還有一個更大的收入來源，那就是把自家樹林、菜園和附近草地上具有療效的植物拿去賣。

「俄羅斯採集的藥草受到大眾喜愛，勝過其他國家製造的昂貴藥品，但僅限於家園採集的藥草，不是大型農田專門耕種的藥草。在大型農田中只與同物種一起生長的藥草，無法從土壤或環境中吸收所有對人類有益的養分。即使比所謂的工業化栽種作物貴上數倍，但是全世界的人還是比較喜歡來自家園的作物。」

「為什麼家園的地主要哄抬價格？」

「最低價格是俄國政府訂的。」

「政府？這對他們有什麼差別？他們又沒有從這些作物獲得稅收，為什麼還要想辦法讓每個家庭變得富有？」

「弗拉狄米爾，但畢竟整個國家是由一個個家庭組成的，這些家庭會在必要時出資建設聚落的基礎建設，像是學校、道路等等。他們有時還會投資國家建設。政治人物、經濟學者提出各種計畫，但只有在民眾願意投資時，這些計畫才會付諸實行。」

「像哪種計畫最受大多數人歡迎？」

「買下國外的化學財團、軍工廠、科學中心。」

「這完全相反啊，妳才說這些家庭有神聖的意識和良知，整個地球因為他們而變成天堂樂園，現在妳又說要買下化學工廠和製造武器的財團。」

「但是這些計畫的目標不是製造有害化學物和武器，而是消滅製造這些東西的工廠。俄國政府要改變國際的金錢流向。過去餵養致命物質的金錢能量，如今要轉而把這些東西摧毀殆盡。」

「什麼？俄國政府有足夠的錢投資這些奢侈的計畫嗎？」

「有，俄羅斯不僅變成全世界最富裕的國家，富有程度更是遠遠超過其他各國。全世界的資金開始流向俄羅斯，無論是中產階級，還是富有人家，都只把錢存在俄國銀行。很多富人還會直接遺贈積蓄，協助俄國推動各項計畫。他們相信這些計畫的實行，會決定全人類的未來。來到俄羅斯的外國遊客，在看到新俄羅斯人後，再也無法按照以前的價值觀生活。他們興奮地向親朋好友分享自己的所見所聞。遊客人數日益增加，為俄國政府帶來更大的收入。」

「阿納絲塔夏，告訴我，那些住在西伯利亞的人要做什麼，才能和中部地帶的人一樣富有？畢竟西伯利亞的夏天比較短，光靠種田沒有辦法變得很有錢。」

「弗拉狄米爾，西伯利亞的家庭也開始建造自己的家園，他們在土地上種植適合當地氣候的作物，但他們比南部地區的居民多了一項優勢：政府會給西伯利亞的家庭配給泰加林的土地，讓每個家庭照顧自己的土地，採集土地賜予他們的禮物。西伯利亞出產具有療效的漿果和藥草，以及雪松油……」

「雪松油在國外的美金行情是多少？」

「一噸要價四百萬美金。」

「哇！雪松油終於得到應有的價格了，這是之前價格的八倍呢。我想知道，西伯利亞一季可以生產多少這種油？」

「你現在看到的這一年，可以生產三千噸。」

「三千噸！？這表示他們光靠採集松子，就能賺進一百二十億美金了。」

「其實更多，你忘了，松子榨完油後還能做成品質優良的麵粉。」

「所以，一個西伯利亞家庭每年靠這個工作，平均可有多少美金的收入？」

「平均有三到四百萬美金。」

「哇！而且他們還不用繳稅嗎？」

「不用。」

「如果真是如此，他們要把這些錢花在哪裡？我以前還在西伯利亞工作時，看到西伯利亞人只要不好吃懶做，靠著打獵捕魚也能維持家計，而妳現在說的是如此龐大的收入！」

「他們像其他俄羅斯人一樣，會把自己的錢投資在國家計畫。舉例來說，當初俄國還不知道如何控制雲的移動時，西伯利亞人就投注了大筆的資金購買飛機。」

「飛機？為什麼要買飛機？」

「為了驅散含有有害沉積物的雲和烏雲，這種雲會在仍排放有毒物質的國家上空形成，所以西伯利亞人要用飛機對抗。」

「那打獵呢？只在配給的泰加林土地上打獵嗎？」

「西伯利亞人完全不打獵、不獵殺動物了，很多人都在自己的土地上蓋夏日小屋，夏天就在家園採集藥草、漿果、蘑菇和松子。小動物從一出生起，就看到對牠們不會造成威脅的人類，也習慣人類的存在，將他們視為自己領域中不可或缺的一部分，並開始與他們溝通、做朋友。西伯利亞人還會教許多動物如何幫助他們，像松鼠會將帶有成熟松子的雪松果往下丟，這樣就可以玩得不亦樂乎。有些人則是教熊托運裝滿松子的籃子和袋子、清理被風吹斷的樹枝。」

「哇！連熊都會幫忙。」

「這沒有什麼好驚訝的，弗拉狄米爾。在現代人認為『古早』的以前，熊可是家中不可取代的幫手之一。牠們會用手掌挖出地下可以食用的塊莖，放進籃子，然後自己用繩子，把籃子拉到距離人類住處不遠的地洞放著；牠們會爬上森林的樹木，將帶有蜂蜜的木頭拖到人類的住處；牠們會把人類的孩子帶到森林裡採集美味的覆盆子，還會幫忙其他許多家事。」

「哇！熊不僅能取代犁和耕耘機、帶來食物，還能照顧小孩！」

「還有，冬天一到，牠們會冬眠，不需要維修或保養，等到春天就會回到人類的住處，人類會請牠們吃秋天採收的果實。」

「我知道是怎麼一回事了，動物反射機制在熊的身上起了作用，讓牠們認為那些存糧是人類只為牠們準備的。」

「或許可以說是反射，如果這樣你比較好明白的話，但或許也可以說是天父設想好的。我只能說，塊莖在春天對熊而言，並不是最重要的東西。」

「不然是什麼？」

「牠們在熊窩獨自冬眠後，等到春天醒來的第一件事，就是立刻衝到人類身邊，感受他們的愛撫、聆聽他們的讚美。萬物都需要人類的愛撫。」

「如果以貓狗判斷的話，的確需要愛撫沒錯，不過泰加林的其他動物在做什麼？」

「泰加林的其他動物漸漸也找到自己的長處，而且對這些受到馴服的當地動物而言，最好的獎賞就是溫柔的話語和手勢，或者撫摸、搔搔表現特別好的動物。不過，如果有動物特別受到人類的關愛，其他動物也會有點嫉妒，甚至還會因此爭吵。」

「西伯利亞人冬天都在做什麼？」

「處理松子。他們在採集之後，不會像現在一樣為了運送方便，而馬上將松子從松果中取出，而是把松子留在充滿樹脂的松果內，這樣才能存放好幾年。女人在冬天還會做手工藝，像是以蕁麻纖維編織、縫製的手工襯衫，現在的價格就非常高。還有，西伯利亞人在冬天時會接待世界各國的訪客，替他們治療。」

「阿納絲塔夏，但是如果俄羅斯變成這麼富裕的宜居國家，不就代表很多國家會想征服俄羅斯嗎？妳還說製造武器的工廠都關閉了，所以說俄羅斯實際上變成了農業國家，完全沒有抵抗外敵的能力了嗎？」

「俄羅斯沒有變成農業國家，而是成為世界的科學中心。」

「俄羅斯製造致命武器的工廠，要一直等到發現一種能量後才全部關閉。在這種能量面前，就連最先進的武器都會顯得無用武之地，而且還會對仍持有這些武器的國家造成威脅。」

「什麼能量？哪裡可以取得，又是誰發現的？」

「這種能量是由亞特蘭提斯人擁有，不過他們太早使用了，所以亞特蘭提斯才會從地表上消失。現在，新俄羅斯的孩子重新發現了這種能量。」

「孩子？！妳最好有條理地一次說個明白，阿納絲塔夏。」

「好。」

9 地球終將充滿良善

在俄羅斯的一座祖傳家園中，住著一個相親相愛的家庭：丈夫、妻子和兩個孩子。小男孩康斯坦丁八歲，小女孩達莎五歲，爸爸是俄國數一數二的電腦工程師。他的書房擺了數台先進的電腦，供他為軍事情報單位編寫程式。他有時會一頭栽進工作，到了晚上還在電腦前來回走動。

習慣晚上聚在一起的家人這時會走進書房，靜靜地做著自己的事。妻子坐在扶手椅上編織，兒子拿書來讀，或是在紙上畫出新聚落的風景，只有五歲的達莎有時會找不到自己想做的事，而坐在扶手椅上看著家人，仔細觀察每一個人好一陣子，有時還會閉上眼睛，臉上露出各種表情。

在一個看似正常的夜晚，全家人一如往常般坐在爸爸的書房裡做著自己的事。那天書房的門是開的，所以他們都聽到了隔壁小孩房裡老咕咕鐘的聲音。通常咕咕鐘只會在白天報時，但當時已經是晚上了，所以爸爸停下手邊的工作，看著剛剛傳來聲音的門邊，其他人也驚訝地看著，只有小達莎坐上扶手椅上，閉著眼睛無動於衷。她的嘴巴先是微微上彎，接著露出明顯的笑容。突然間，咕咕鐘又發出聲音，彷彿有人在小孩房裡轉動指針，讓咕咕鐘反覆地報時。身為一家之主的伊凡．尼基弗羅維奇把旋轉椅轉向兒子，對他說：

「科斯佳[1]，你去看一下，看能不能把時鐘修好或弄停。那是爺爺很久以前送給我們的禮物，壞得也真怪……真是怪了……你去看看怎麼處理，科斯佳。」

兩個孩子一向很聽話，但不是因為害怕處罰，他們從來沒被罰過。科斯佳和達莎很愛爸媽，也很尊敬他們。他們最喜歡和爸媽一起做事情，或是去完成爸媽的要求。科斯佳在聽到爸爸的話後立刻起身，但出乎爸媽的意料，他不是去小孩房，而是站在原地，看著坐在扶手椅上、閉上眼睛的妹妹。這時小孩房又傳來咕咕聲，科斯佳仍然站在原地，盯著自己的妹妹。媽媽嘉莉娜擔心地看著站在原地的兒子，然後突然站起來，害怕地喊著：

「科斯佳……科斯佳，你怎麼了？」

八歲的兒子轉頭看著媽媽，對媽媽的害怕感到訝異，回答她說：

「媽咪，我沒事。我想照爸爸說的去做，但是沒有辦法。」

「為什麼？你走不動嗎？走不到自己的房間？」

「走得動。」科斯佳當場揮手踏步給媽媽看，「但是沒有理由要去房間，她就在這邊，而且比我強。」

「誰在這邊？誰比你強？」媽媽越來越擔心。

「達莎。」科斯佳一邊回答，一邊用手指著坐在扶手椅上、閉著眼睛微笑的妹妹。「指針是她動的，我試著把它調回來，可是沒有辦法，她……」

「你在說什麼，我的小科斯佳？你和小達莎都在我們面前啊，我看得到你們。你們怎麼可能同時在這裡，又在另一間房間移動指針？」

「我們是在這裡。」科斯佳回答，「可是我們想的是時鐘那邊，只是她的思考更強，所以時鐘才會一直響，她的思考加快了指針的速度。她最近很常這樣玩，我告訴她不要這樣，因為我知道這會讓你們擔心，可是她不在乎。她只要開始沉思，就會做出一些事情……」

「達莎在想什麼？」伊凡加入對話，「為什麼你之前都沒有告訴我這些，科斯佳？」

---

1 康斯坦丁的小名。

「你們自己也看得到她怎麼沉思，可是指針不是重點，她只想玩一玩。只要沒有人干擾，我也可以移動指針，只是我沒辦法像達莎那樣沉思。當她沉思的時候，沒人可以抵擋她的思考。」

「她在想什麼，你知道嗎？科斯佳。」

「不知道，你們可以自己問她。我現在就去打斷她的思考，以免她又做出什麼事來。」

科斯佳走到妹妹的扶手椅旁，用比平常大一點的聲音對她說：

「達莎，不要再想了。如果妳不停下來，我就一整天不跟妳講話了，妳嚇到媽媽了。」

小女孩的睫毛動了一下，觀察起房裡的每一個人，好像真的剛睡醒一樣。她從椅子上跳了起來，帶著歉意地低著頭。咕咕聲停了下來，書房一片安靜。小達莎帶著歉意，輕聲細語地打破沉默。她抬起頭，用她水汪汪的眼睛輕柔地看著爸媽，一邊說：

「媽咪、爸比，對不起嚇到你們了，但是我一定……我一定要把它想完。我現在沒有辦法想完，等到明天有空的時候再想。」女孩嘴唇不停地顫抖，似乎就要哭了出來，但是她繼續說道：「科斯佳，你不跟我講話沒有關係，但我還是得把它想完。」

「我的乖女兒，過來我這邊。」伊凡盡量壓抑情緒，把手伸向女兒，想把她擁入懷中。

達莎跑到父親的面前，跳上他的大腿，兩隻小手繞住他的脖子。貼著臉頰才一下子，達莎就從大腿跳了下來，站在旁邊，把頭靠向父親。

不知為何，伊凡再也壓抑不住自己的激動，對著女兒說：

「別擔心，我的小達莎，媽媽不會再被妳的沉思嚇到了，只要告訴我們妳在想什麼、是什麼一定要想完，還有妳在想的時候，為什麼指針會變快。」

「爸比，我想早點讓所有好的事情變大，不好的事情變小或看不見。我希望可以想到底，讓指針跳過那些不好的事情，彷彿那些都沒發生過。」

「但是，事情好不好和時鐘的指針沒有關係啊，小達莎。」

「爸比，我知道和指針沒有關係，但我得同時移動指針，才能感受到時間。咕咕鐘會計算我的思考速度，因為我必須趕快……所以才會移動指針的。」

「妳是怎麼辦到的，我的小達莎？」

「很簡單，我用思考的一角想像指針，然後想著讓它走快一點。只要我加快思考，指針就會變快。」

「乖女兒，妳讓時間變快做什麼？妳不喜歡現在的什麼嗎？」

「沒有不喜歡，但我不久前才發現，錯不在時間，而是人自己在糟蹋時間。爸比你就常常坐在電腦前，然後又出門很久才回來。爸比你出門的時候，就是在糟蹋時間。」

「我？糟蹋時間？怎麼會？」

「我們全家人在一起的時光很美好。當我們在一起時，我們有過幾分鐘、幾小時，甚至是幾天非常美好的時光，身旁的一切都很開心。爸比，你還記得蘋果樹剛開花的時候嗎？你和媽媽看到剛開的花兒時，你就把媽媽擁入懷中旋轉。媽咪笑得合不攏嘴，周圍的一切都很開心，樹葉和鳥兒都很開心。看著你抱著媽咪旋轉，而不是抱我，我一點也不覺得生氣，因為我真的很愛媽咪。在那個時候，和大家在一起很快樂。之後卻不一樣了，我現在才知道，爸比是你造成的。你那時候離開我們好久，連蘋果樹都長出小蘋果了，你還是不在家。媽咪走到那棵蘋果樹下，一個人站在那兒，卻沒人抱著她旋轉。她不再燦爛地大笑，身旁沒什麼好開心的。你不在的時候，媽咪的笑容完全不一樣，是悲傷的笑容，那個時候一點都不好。」

達莎越講越快、越講越激動，突然間卻停了下來，然後一口氣說完：

「時間很美好的時候……你不應該讓它變不好的……爸比！」

「達莎……從一方面來看，妳是對的……當然……不過妳並不知道……所有人現在生活的……所有事情……」伊凡斷斷續續地說著。

他很緊張，想要找個方法解釋為什麼一定要出差，要讓還小的女兒聽懂。別無他法的他，開始解釋自己的工作，給女兒看電腦上的飛彈圖和模型。

「聽著，我的小達莎。我們在這裡當然很好，住在我們旁邊的人也很好，但世界上還有其他地方、其他國家，那邊有各式各樣的武器……為了保護我們美麗的花園、妳朋友的家和花園，爸爸有時候必須離開。我們國家必須也有很多先進的武器，才能保護自己……可是最近……我的小達莎……妳知道嗎，別的國家，而不是我們國家，不久前發明了新的武器……比我們現在的還要厲害……妳看螢幕，小達莎。」伊凡在鍵盤上按了一下，螢幕上出現外形特殊的飛彈圖。

「小達莎，妳看。這是一個大飛彈，裡面有五十六枚小飛彈。大飛彈會依照人類的指令升空，往指定的目標飛過去，炸毀那裡所有生物。而且，這種飛彈很難攔截，只要有任何物體靠近，內建的電腦就會開始運作，從彈藥庫射出小飛彈破壞。

「小飛彈的速度比大飛彈快，因為它在發射的時候，是利用大飛彈的慣性速度。光打下一個像這樣的怪物，就得朝它發射五十七枚飛彈。製造這種所謂『子母飛彈』的國家目前只有三個模型，他們把這些飛彈小心翼翼地藏在不同地方，深埋在地底的發射井，但只要透過無線電波的指令就能發射。很多國家已經受到部分恐怖份子的威脅，說要對他們造成大規模的破壞。小達莎，我必須弄清楚這些子母飛彈的內建電腦是怎麼運作的。」

伊凡起身，開始在房裡走動。他繼續口沫橫飛地說話，越來越沉浸在自己所說的程式，彷彿忘記女兒還站在電腦前。伊凡快步走到電腦前，這時螢幕上顯示著飛彈的外觀圖。他在鍵盤上按了一下，螢幕上出現了飛彈的燃料系統，然後是雷達定位，最後是整體設計圖。伊凡在切換圖片時，完全沒有把注意力放在小女兒身上，而是大聲推論：

「他們顯然在每個小飛彈上都裝了定位雷達。沒錯，一定是這樣，可是所用的程式不可能不同，必須一樣啊……」

突然間，旁邊的電腦發出必須立即注意的警示聲，伊凡看向那台電腦的螢幕，僵住不動。螢幕上不停閃爍著「警告×」的訊息。伊凡趕緊按下鍵盤，接著一位穿著軍服的男子出現在螢幕上。

「發生了什麼事？」伊凡問男子。

「偵測到三個不尋常的爆炸。」男子回答，「整個國防體系已經進入第一備戰狀態。目前仍有規模較小的爆炸。非洲出現地震，目前尚未有人出面解釋。根據情報交換系統，全世界的軍事集團都已進入第一備戰狀態，攻擊來源目前尚未確定。爆炸接二連三地發生，我們仍在試著調查情況。本部所有人員都已受命進行分析。」螢幕中的男子先是像軍人那樣快速又清晰地講話，但到最後已經無法冷靜，而是有點激動地說：

「一直有爆炸，伊凡．尼基弗羅維奇，一直有爆炸，完畢……」

螢幕上穿著軍服的男子消失了，而伊凡繼續看著暗掉的螢幕，不停地思考。思考中的他緩緩看向椅子，小達莎仍然站在原地。突然間，有個猜想讓他感到驚恐，他看到小女兒瞇著眼睛，眨也不眨地看著顯示先進飛彈的螢幕。她小小的身體抖了一下，接著嘆一口氣放鬆了下來，按下鍵盤上的Enter鍵。當螢幕上出現新的飛彈圖時，她又瞇起眼睛，緊盯著圖片。

伊凡呆若木雞地站著，完全沒有辦法移動，只能在腦中激動地問自己同樣的問題：「難道是她引爆飛彈的？她因為不喜歡飛彈，就用想的將它們引爆。是她引爆飛彈的嗎？真的嗎？怎麼辦到的？」他想要阻止女兒、叫她的名字，卻沒有力氣大喊，只能輕輕地說：「達莎，我的小達莎，我的乖女兒啊，停手！」目睹一切的科斯佳這時突然起身，快步走到妹妹身旁，輕輕拍了她的屁股，飛快地說：

「達莎妳這次嚇到爸爸了，我要兩天不跟妳說話了，一天是為了媽媽，一天是為了爸爸。妳聽到沒？我說妳嚇到爸爸了！」

漸漸從專注中回神的達莎轉向哥哥，她不再瞇著眼睛，而是帶著哀求和歉意的眼神看著哥哥的眼睛。科斯佳看到達莎的眼睛泛著淚光，便把手放在她的肩上，語氣不再像剛才那樣嚴厲：「好吧，不跟妳講話只是氣話，不過從明天早上開始，妳要自己綁髮圈，妳已經長大了。」他一邊說著不要哭，一邊溫柔地抱著達莎。小女孩投入科斯佳的懷中，肩膀不停地顫抖，難過地重複同一句話：「我又嚇到人了，我不乖。我想把事情做到最好，可是嚇到人了。」嘉莉娜走到孩子的身旁蹲著，摸摸達莎的頭。小女孩立刻抱住媽媽的脖子，低聲哭泣。

「科斯佳，她怎麼辦到的？用什麼方法？」回過神來的伊凡問兒子。

「和移動指針的方法是一樣的，爸爸。」科斯佳回答。

「可是時鐘就在旁邊，但是飛彈很遠啊，而且飛彈的位置一直是最高機密。」

「爸爸，飛彈的位置對達莎來說沒有差別，她只要看到目標的外形就夠了。」

「但爆炸呢……要引爆飛彈，必須連接電路……電路還不只一個，況且還有安全機制、密碼……」

「爸爸，達莎可以跨接所有電路，除非遇到短路。以前她可能要弄很久，大概十五分鐘，可是最近只要一分半鐘就好了。」

「以前？！」

「沒錯，爸爸，不只是飛彈，我們以前就常這樣玩。當她開始會移動指針時，我給她看了自己小時候很愛玩的老電動車。爸爸，我打開引擎蓋，讓她把大燈的線接起來，因為我自己覺得太難了。她接起來了，她接著問我可不可以玩，我說她還太小了，不知道怎麼發動和煞車，但在她的堅持之下，我還是答應了。我跟她解釋該怎麼發動，但她靠自己就發動了。爸爸，達莎坐在駕駛座，什麼都沒有啟動，車就發動了。她覺得自己有發動，但我看她的手根本沒做任何事。也就是說，她確實有發動，但是用想的。而且，爸爸，她還和微生物交朋友，它們會聽她的話。」

「和微生物？！哪種微生物？」

「這些微生物的數量很多、無所不在，我們體內和周圍都是。我們看不到它們，但是它們確實存在。爸爸，你還記得我們家園邊緣的樹林裡，有兩座舊高壓電塔留下來的金屬支架嗎？」

「我記得，怎麼了？」

「它們在水泥座上生鏽了。當時我和達莎去採蘑菇時，她看著殘存的電塔，說它們留在那邊不好，會讓漿果和蘑菇沒辦法生長。她接著說：『你們要快點把它們吃光光，快點。』」

「然後呢？」

「過了兩天，這些生鏽的金屬和水泥座就不見了，只剩下光禿禿、現在還沒有小草的地面……微生物把金屬和水泥吃掉了。」

「但是為什麼？科斯佳，為什麼你之前都沒有和我說，有關達莎的所有事情？」

「爸爸，我會害怕。」

「害怕什麼？」

「我讀了歷史紀錄……發現不久以前，有特異功能的人都會被迫隔離。我想過要把一切都告訴你和媽媽，可是我不知道該怎麼解釋，才能讓你們明白、相信……」

「科斯佳，可是我們一直都相信你，你也可以示範給我們看……或者請達莎示範她的能力，只要不造成傷害就行。」

「爸爸，我不是害怕這個……她當然可以示範……」科斯佳先是沉默，接著語帶激動地說：「爸爸，我愛你和媽媽……我有的時候對小達莎很嚴厲，但我還是很愛她。她很善良，對身邊的一切都很好。她連蟲子都不會欺負，蟲子也不會傷害她。她有一次走到蜂巢旁，坐在蜂房口的正前方觀察，看著蜜蜂怎麼飛，牠們……很多蜜蜂在她的手腳和臉頰上爬啊爬，卻沒有螫她。她把手伸向朝她飛來的蜜蜂，牠們停在她的手上，留下某個東西。她之後舔了舔手掌，笑了起來。她很善良，爸爸……」

「你冷靜一點，科斯佳，不要激動。我們要冷靜地評估現況。沒錯，必須靜下來思考所有事情……達莎還小，她炸毀了好幾個先進飛彈，還有可能引發世界大戰，一場可怕的戰爭。但就算沒有戰爭好了，如果她不只看了敵人的飛彈圖，還有我們的……如果她引爆各國現有的所有飛彈，這個世界會面臨全球大災難，危害幾億人的生命。我也很愛我們的小達莎，可是幾億人……我需要一點建議，要找出解決辦法，可是現在，我不知道……應該要隔離小達莎的，應該的……對了，或許可以讓她先睡一會兒，應該可以吧……可是有什麼解決辦法？要怎麼找到解決辦法？」

「爸爸，爸爸……等一下，還是說，讓她不喜歡的所有致命武器從地球上消失？」

「消失？但是……這必須所有國家同意，所有軍事集團同意。嗯……但不可能在短時間內辦到啊！如果可能的話，現在就得……」

伊凡快步走到電腦前，螢幕上仍是他阻止達莎破壞的飛彈圖片。他把飛彈圖的螢幕關掉，坐到通訊電腦前，開始發送以下文字：

致指揮部：

本則訊息必須立即發送至所有軍事集團與國際媒體。一連串的飛彈引爆起因於可以連接電路的細菌，這些細菌受人操控。所有可以引爆彈藥的圖片必須銷毀，所有圖片！從最小的子彈到最先進的飛彈系統，都必須銷毀。操控細菌的人不需知道這些爆裂物的位置，只要從圖片看到外觀即可引爆！

伊凡轉頭看著達莎，這時她正笑著與媽媽開心地聊天，於是他在訊息後面加了這段文字：「目前仍不清楚控制爆炸的機制位在何處。」伊凡最後將訊息加密，傳給了指揮部。

隔天早上，俄羅斯緊急召開了安全理事會。伊凡家園所在的村落周圍滿是維安人員，他們穿著修路工的制服，試圖不要引起他人注意。

他們假裝在離聚落邊緣的五公里處鋪設環狀道路，每一公里都是同時從早到晚地施工。他們在伊凡的家園架設監視器，監控小達莎的一舉一動。影像會傳到一個類似太空船控制中心的地方，數十位專家輪班守在螢幕前，包括心理學家和軍方代表，全都準備好在緊急狀況下發出必要指令。心理學家透過特殊的通訊裝置，持續向小達莎的父母建議如何轉移她的注意力，別讓她再有機會沉思。

俄國政府發出一則多數人摸不著頭緒的國際公告，內容寫道：俄國有某種力量可以引爆任何類型的武器，無論該武器所在位置為何。俄國政府尚未完全掌控這些力量，但正在積極談判中。這則難以置信的公告需要證據支持，所以國際間召開了一場會議，決定準備一系列外觀奇特的導彈，並且裝在方型彈筒裡。每個參與實驗的國家各拿二十顆這種導彈，藏在國內的不同地方。

「為什麼要把導彈裝進方型彈筒？怎麼不用一般的就好？」我問阿納絲塔夏。

「弗拉狄米爾，他們擔心不只世界上所有現有的導彈會爆炸，就連警察和軍人的手槍也會，所有裝有彈藥的武器無一倖免。」

「說的也是……那這個方型彈筒的實驗最後如何？」

伊凡把小女兒達莎叫來書房，給她看了方型導彈的照片，要她引爆那些導彈。

達莎看著照片說：

「我很愛你，爸比，但我沒辦法完成你的要求。」

「為什麼？」伊凡訝異地說。

「因為我做不到。」

「怎麼會？我的小達莎，之前都可以啊，妳引爆了一系列的先進飛彈，現在卻說自己不行。」

「爸比，我當時很緊張，不希望你離開我們，不想要你坐在電腦前好幾個小時。只要你坐在電腦前，就不和任何人講話、不做任何有趣的事，但是你現在可以一直待在我們身邊。你變得很好，爸比，所以我不會再引爆任何東西了。」

伊凡明白，達莎之所以無法引爆方型導彈，是因為她不知道引爆有何目的和意圖。伊凡在房裡焦慮地走動，不停地思考如何找到解決辦法。他開始以激昂的語氣說服達莎。他對著女兒說話，聽起來卻像是自己在推論：

「沒有辦法……是啊……真可惜。這個世界數千年來戰爭不斷，某些國家休兵後，另一邊又開始打仗。死了數百萬條人命，現在仍是如此。武器浪費了龐大的資金……而現在終於有機會終止這種永無止盡的殺戮，但是……唉……」伊凡看著坐在扶手椅上的達莎。

女兒的臉看起來很平靜，她好奇地看著爸爸在房裡來回走動，口中還唸唸有詞的樣子。但她對爸爸所說的話毫無反應，不完全知道什麼是打仗、有那些資金，還有是誰浪費的。

她心裡想著：「為什麼爸爸要這麼激動地在房裡來回走動，一直徘徊在那些沒有情感、不會發出任何能量的電腦前面呢？為什麼他不去花園走走？那兒有開花的樹木、高歌的鳥兒，每一株小草和樹枝會用一種看不到的方式愛撫我們全身。現在媽媽和哥哥科斯佳都在那兒，真希望爸爸不要再講那些無聊的話，我們就可以一起去花園了。媽媽和科斯佳看到我們一定會很開心，媽媽會帶著微笑。科斯佳昨天答應我，要告訴我怎麼用手摸石頭和花兒，讓我能同時摸到很遠的星星。科斯佳說到一定做到……」

「小達莎，妳覺得聽我講話很無聊嗎？妳聽不懂我說的話嗎？」伊凡注意到女兒，「妳在想別的事情嗎？」

「爸爸，我在想為什麼我們要在這裡，而不是去花園，那裡的一切都在等我們呀。」

伊凡發現，必須更真誠、更具體地和女兒說明，於是他說：

「小達莎，妳光看圖片就能引爆飛彈，而他們現在想再測試妳的能力。簡單來說，就是向全世界證明，俄羅斯有能力摧毀全世界的彈藥，這樣他們就不會再製造了，畢竟沒有意義又危險。至於現有的武器，他們也會自行銷毀，全世界會開始裁軍。那些方型導彈是特地設計的，好讓妳展示自己的能力，這不會傷到任何人。引爆這些導彈吧，小達莎。」

「我現在做不到，爸爸。」

「為什麼？妳之前可以，為什麼現在不行？」

「我答應自己再也不引爆了。既然我都這樣說了，現在就不能引爆。」

「不能？但為什麼妳要這樣答應自己？」

「哥哥科斯佳拿書給我看了幾張圖，裡面都是人的身體因為爆炸而四分五裂、人因為爆炸而感到害怕、樹木因為爆炸而倒下死去，所以我才答應自己……」

「小達莎，妳現在是說，妳永遠都沒辦法了嗎？再一次就好……只要一次。這些是方型導彈。」

伊凡把方型導彈的照片拿給女兒看。

「這些導彈是特地為實驗準備的，藏在不同國家的隱密處，旁邊和附近都沒有人，大家都在等導彈會不會爆炸。我的乖女兒，快點引爆，這不會違反妳所做的承諾的。不會有人死掉，反而會……」

達莎再次面無表情地看著方型導彈的照片，平淡地回答爸爸：

「即使違背自己的承諾，也已經沒辦法引爆這些導彈了。」

「為什麼？」

「因為你講太久了，爸比。我剛看到照片的時候，就很不喜歡這些方型導彈，它們好醜，所以現在已經……」

「已經怎樣？小達莎，怎樣？」

「請你原諒我，爸比，但是你在給我看的時候，真的講太久了，它們幾乎都吃光了。」

「吃光了？什麼東西被吃光了？」

「那些方型導彈幾乎都被吃光了。我才覺得不喜歡這些導彈時，它們就開始動作了，用很快很快的速度把導彈吃光。」

「它們是誰？」

「是小傢伙，它們充滿我們的四周和體內，它們很好。科斯佳說它們是細菌或微生物，但我比較喜歡用自己的方式叫它們：『我的小傢伙、好東西』，它們比較喜歡這個叫法。我有時會和它們玩。幾乎沒有人注意過它們，但它們總是努力地為每一個人做好事。當人開心時，它們會因為開心的能量而有好的感覺；當人生氣或破壞有生命的東西時，它們會大量地死去，再趕緊由其他小傢伙替補。其他的小傢伙有時會沒有補上，這時人類的身體就會生病。」

「可是妳人在這裡啊，小達莎，導彈遠在不同國家的地底深處。其他國家的它們——妳所說的『小傢伙』——怎麼可能這麼快就知道妳的願望？」

「它們在很短的時間內，一個接一個地傳遞訊息，遠比你電腦中的電子跑得更快……」

「電腦……通訊……現在……我要來檢查所有的情況。我們國內每顆導彈的四周都是監視器，我現在就來檢查。」

伊凡轉頭看著通訊電腦，螢幕上顯示著方型導彈的畫面──更精確地來說，是導彈的殘留物。彈筒生鏽了，坑坑疤疤的。彈頭倒向一邊，尺寸大幅縮減。伊凡切換不同的監視器，但其他導彈也是一樣的情形。這時螢幕上出現了一個穿著軍服的人。

「您好，伊凡．尼基弗羅維奇，您都已經看到了。」

「安全理事會有做任何結論嗎？」伊凡問。

「委員正在分頭諮詢，維安人員會加強保護目標的安全。」

「請不要把我的女兒稱為『目標』。」

「您太緊張了，伊凡．尼基弗羅維奇，這種情況一定得這樣。十分鐘過後，會有一群頂尖的專家拜訪您，包括心理學家、生物學家和無線電電子學家。他們已經在路上了，請讓他們和您的女兒談一談，叫您的女兒做好心理準備。」

「大部分的委員傾向哪種意見？」

「目前是傾向將您的家人全部留在自己的家園隔離，您必須立刻把所有的科技裝置圖片清除，待在女兒的身邊，盡量隨時看著她。」

安全理事會派出了專家小組，到達伊凡的家園。他們和小達莎展開了為時一個半小時的談話，小女孩耐心地回答大人的問題，但在一個半小時後，發生了一件事情，讓在場的所有專家，以及在安全理事會中心透過大螢幕觀察的人完全不知所措：在與小達莎談話一個半小時後，伊凡的房門打開了，達莎的哥哥科斯佳走進寬敞的書房，手裡拿著不停報時的咕咕鐘。科斯佳把時鐘放在桌上，時針停在十一點鐘的位置，但就在咕咕鐘響完設定的次數時，分針迅速地轉了一圈，讓咕咕鐘又重新報時了一次。在場的人困惑地看著這個奇怪的時鐘，啞口無言地又看著達莎。

「噢！」達莎突然驚呼一聲，「我完全忘了，我有件很重要的事要做。時針是我朋友薇拉轉的，我們之前說好的，以免我忘記。我現在得走了。」

兩名警衛擋住房門。

「小達莎，妳說會忘記什麼？」伊凡問女兒。

「我怕忘記去我朋友薇拉的家園，摸摸她的小花，幫它澆水。它很想念我們的疼愛，喜歡我們溫柔地看著它。」

「可是那朵花又不是妳的。」伊凡告訴女兒，「為什麼妳朋友不自己摸呢？」

「爸比，薇拉和她爸媽出去了。」

「去哪裡？」

「西伯利亞的某個地方。」

在場的人從四周發出驚訝的低語：

「不只她一人！」

「她朋友有什麼能力？」

「不只她一人！」

「還有多少人？」

「要怎麼分辨他們？」

「必須立刻對這些孩子採取對策！」

這時坐在角落的灰髮老翁起身，所有的驚呼立刻停了下來。他不僅是在場位階最高、資質最深的人，更是俄國安全理事會的主席。所有人轉頭看著他，不再發出聲音。灰髮老翁看著坐在小木頭椅上的達莎，一顆眼淚滑過他的臉頰。他接著緩緩地走向達莎，單膝跪在她的面前，把手伸了過去。達莎起身向前走了一步，拉起荷葉邊的裙襬行屈膝禮，把小手放在老翁的手心。灰髮老翁看了她一會兒，接著低下頭恭敬地親吻她的手，對她說：

「請原諒我們，我的小女神。」

「我叫達莎。」小女孩回答。

「是啊，當然，妳叫達莎。請妳告訴我們，我們的地球終將變成什麼樣子？」

小女孩驚訝地看著老翁的臉，向前屈身，小心翼翼地擦掉他臉上的眼淚，用手指摸了摸他的鬍鬚。她接著轉頭看著哥哥說：

「科斯佳，你也說要幫我和薇拉池塘裡的百合說話，你還記得吧？」

「記得。」科斯佳回答。

「那就走吧。」

「走吧。」

達莎走到警衛已經退到一旁的門廊時停了下來，轉頭看著仍然單膝跪著的老翁，微笑而自信地對他說：

「地球終將……充滿良善！」

六個小時後，灰髮老翁在安全理事會的擴大會議中發言：

「世界上的一切都是相對的，對我們這個世代而言，新的世代就像是神一般。不是他們要配合我們，而是我們要向他們看齊。地球上所有擁有特殊科技成就的軍事強權，在新世代的這一個小女孩面前，都顯得無用武之地。在新世代的面前，我們的任務、我們的責任、我們的義務，是要清除垃圾。我們必須竭盡所能，清除地球上任何類型的軍武。我們那些在現代軍事基地完成的科技成就和發現，對我們來說可能獨一無二，但在新世代的面前，只是毫無用處的破銅爛鐵，所以我們必須全部清掉。」

10 裁軍競賽

國際間召開了一場會議，各國、各洲軍事集團的安全理事會都派代表參加，制定了軍事科技和武器的緊急轉換計畫。來自各國的專家彼此分享科技轉換的經驗，心理學家不斷透過大眾媒體宣導，避免各種槍械的持有者心生恐慌。俄羅斯這個現象經過大眾媒體報導後，引起了一陣恐慌，事實已經有點扭曲了。

眾多西方媒體指出，俄羅斯打算緊急轉換國內現有的砲彈，準備在特定的時間引爆其他國家的庫存彈藥，藉此殺害大部分的人口。大家紛紛把手中的槍械和彈藥丟進河裡或埋在荒郊野外，畢竟官方的轉換回收中心沒辦法及時回收所有槍械。

政府開始對擅自棄置的民眾處以罰款，仲介公司也收取高額的費用回收子彈，但這絲毫沒有讓民眾退縮，他們希望遠離那些對全家人有生命威脅的東西。住在軍事基地附近的民眾，要求政府立即拆除軍事設備。而軍工廠的任務則變成了回收先前所製造的武器，並要依照這個方向全速執行。許多西方國家的媒體不斷散播謠言，直指俄羅斯要為全世界帶來浩劫。全世界沒有能力在短時間內擺脫累積至今的武器，即使很多轉換軍事設備和彈藥的工廠全速運轉，也沒有辦法在幾個月內銷毀數十年來製造的武器。

媒體指控俄國政府早已知道這些具有特殊能力的孩子，而且已經做好轉換致命武器的準備。為了讓這些謠言聽起來更逼真，媒體還說俄國政府先是買下不利環保的公司，然後將他們解散，甚至不只在國內，就連位在鄰國的公司也不放過。如果俄羅斯搶先清除國內的砲彈，就有能力摧毀在這場裁軍競賽中落後的國家。

媒體刻意誇大可能發生的破壞，以及世界浩劫的後果。這對那些專門轉換彈藥的公司特別有利，他們可以趁機哄抬回收服務的價錢，從中賺取暴利。舉例來說，如果想要回收手槍的子彈，每顆子彈就要價二十美金。擅自掩埋或棄置武器又被視為犯罪行為。造成恐慌還有另一個原因，那就是沒有人可以有效抵擋俄羅斯小孩身上出現的能力。俄國總統這時做了一件事情，當時的人都覺得他被逼急了，而沒有想清楚：他決定帶著一群具有特殊能力的孩子，接受全球所有電視台的直播訪問。官方在公佈俄國總統的直播日期和時間時，幾乎全世界的人都守在電視機前。接近直播節目的時分，許多工廠停工、商店關門，街上冷冷清清，大家都在期待俄羅斯會有什麼訊息。俄國總統想要藉此消除大眾的恐慌，告訴全世界，俄羅斯誕生的新世代不是什麼嗜血的怪物，他們只是善良又普通的孩子，所以不用害怕他們。為了增加說服力，俄國總統請助理去找三十個具有特殊能力的孩子，決定單獨與這些孩子共處一室。一切都照總統的指示安排。

「那俄國總統向全世界說了什麼？」

「如果你想知道，可以自己看那個節目，聽聽他說了什麼，弗拉狄米爾。」

「是啊，我想知道。」

「那就看吧。」

俄國總統站在辦公桌旁的小講台上，小孩坐在兩旁的小椅子上，年紀從三歲到十歲不等。辦公室的另一邊則是一群記者和攝影機。總統開始發表談話：

「各位先生女士，各位國人，我特別邀請這群孩子與大家見面。請你們自己看看，我單獨和這些孩子待在這間辦公室，周圍沒有維安人員、心理學家或家長。這些孩子不是多數西方媒體所說的怪物，你們可以親眼證實，他們只是普通的孩子，他們的臉孔和行為毫無侵略性。我們認為他們的某些能力不正常，但事實真是如此嗎？或許，這種開始在新世代顯現的能力，才是每個人該有的能力，而對人類的存在而言，我們所創造的東西才是不正常、有害的。人類社會創造了通訊系統和軍事資源，這些卻會為地球帶來災難。

「擁有強大軍事實力的國家已經談和了數百年，軍備競賽卻從未停止過，今天終於有個真正的機會，可以結束這個永無止盡、具毀滅性的過程。現在這種情況，對那些沒有大量致命武器的國家最有利。我們可能會認為這樣不合常理，但請各位好好想一想，為什麼我們會有這麼根深蒂固的觀念，認為人類社會製造危害全人類的致命武器，這件事情是合理的？

「新的世代改變了我們做事的優先順序，讓我們朝著反方向——也就是裁軍——前進。在這個過程中，所產生的害怕、恐慌和瘋狂行為，大多是因為事實遭到扭曲而起。外界指責俄國政府，認為我們早已知道國內有這些具有特殊能力的孩子，但是這種指控毫無根據。俄國目前仍擁有大規模的軍事實力，我們跟大多數的國家一樣，都在竭盡所能地轉換這些武器。

「外界也指責俄國政府沒有查明所有具有特殊能力的孩子，沒有採取隔離措施，強迫他們進入催眠狀態，直到裁軍行動完成為止。俄國政府並不會這麼做，這些孩子也是我們俄羅斯一視同仁的公民。而且讓我們仔細思考，為什麼是想隔離這些不接受殺人武器的孩子，而不是那些製造武器的人？俄國政府已經採取適當的措施，預防這些孩子在無意間出現情緒波動，進而傳送訊號來引爆他們不喜歡的武器。

「俄國現在完全禁止電視節目播放出現殺人武器的影片，各種玩具武器也都已經銷毀。家長時常陪在孩子身邊，盡量避免他們出現負面情緒。俄羅斯……」

總統中斷談話。一個年約五歲、有著淺金色頭髮的小男孩站了起來，走到攝影腳架前。他一開始只是看著腳架的螺絲，但當他伸手去摸的時候，攝影師卻嚇得丟下器材，躲到記者的背後。總統趕緊走到嚇到攝影師的小男孩身邊，拉著他的手，把他帶回他之前靜靜坐著的座位上，邊走還告誡他：

「乖乖坐著，等我講完。」

但是他的談話沒有辦法繼續，兩個三四歲的小朋友走到主控台旁玩起通訊器材，一開始靜靜坐著的小朋友，也開始在辦公室裡亂跑、各自做起自己想做的事。只有少數幾位年紀稍長的小朋友還坐在位子上，觀察著記者和攝影機。其中一位小朋友有著用緞帶綁著的辮子，我認得她，她就是引爆先進飛彈的達莎，但她那天看起來沒有孩子般的稚氣。她很仔細專心地評估現場的情況，觀察記者的反應。

全世界坐在電視機前的人，都看到我國總統的神情有點慌張。他看著辦公室四周的小朋友，有兩個小男孩忙著玩官方通訊器材。他又看向門後的助理和受邀孩子的家長，但是沒有向他們求援。總統先是為談話中斷表達歉意，然後迅速地走到兩個開始拉扯桌上器材的小男孩身邊，將他們從腋下扛起說：「這不是你們的玩具。」其中一個被舉起來的小男孩，看到自己的同伴掛在總統的另一邊，大笑了起來。另一個被扛起的小男孩，用小手抓住總統的領帶說：「玩具！」

「那是你說的，但這不是玩具。」

「玩具。」帶著笑容的小男孩開心地重複著。

總統又看到幾位小朋友，因受到閃爍的色燈和聲音的吸引而走到器材旁摸起話筒。他把兩個好動的小朋友放了下來，然後箭步似地走到主控台，按下某個按鈕說：「馬上切斷我辦公室的所有通訊。」

接著，他很快地在桌上擺滿了空白紙，每一張紙上都有一支鉛筆或原子筆。他對著圍在身旁的小朋友說：「這是給你們的，你們想畫什麼就畫什麼。盡量畫，等會我們看看誰畫得比較好。」

小朋友圍在桌子旁，各自拿著空白紙、鉛筆和原子筆。總統拉了幾張椅子，給那些身高不夠、摸不到桌子的小朋友，讓他們坐在椅子上，或是讓最小的站在上面。確信已用畫圖讓小朋友轉移注意力後，總統再次走到講台，對著電視觀眾微笑，稍微吸一口氣後，準備繼續談話。但他還是失敗了，一個小男孩走到他的身邊，抓著他的褲子。

「怎麼了？你要幹嘛？」

「尿尿……」小男孩說。

「什麼？」

「尿尿……」

「尿尿，尿尿？你要上廁所？」總統又看向辦公室的門。

這時門打開了，兩位助理或維安人員立刻快步走向總統。其中一位表情嚴肅，臉有些緊繃，他彎下腰拉住小男孩的手。小男孩卻抓著總統的褲管不放，機靈地掙脫嚴肅男子的手，不讓他把自己帶離辦公室。他對著另一個靠近的男子比出抗議的手勢，這讓他們不知所措。

小男孩再次抬起頭，從下往上看著總統。他又抓起他的褲管說「尿尿」，然後作勢蹲下。

「現在不是你尿尿的時間，而且你還真是囉哩囉嗦的。」總統說完後，立刻把小男孩抱起。他先向記者道歉，然後往門的方向走去，邊走邊說：「馬上回來。」

在數億台電視機的螢幕上，攝影機不斷切換畫面，拍攝這群嬉鬧、畫圖和聊天的小朋友，而最常出現的畫面，就是那個空無一人的總統講台。這時，小達莎從座位上起身，把椅子拖向講台，爬上椅子看著記者，眼睛直視攝影機。她整理了辮子上的緞帶，然後開始講話：

「我叫達莎，我們的總統叔叔是個好人，他等一下就回來了。他會把所有事情都告訴大家，他剛剛只是有點緊張，但他一定會跟大家說明的，地球將來到處都會充滿美好的事物，沒有人需要害怕我們。我的哥哥科斯佳說，大家現在會怕我們小朋友，都是因為我引爆了幾枚很大的新型飛彈，可是我不是特意要引爆這些飛彈的，只是希望爸爸不要再出遠門，不要一直想這些飛彈，或者看這些飛彈。他應該多看媽媽，她比所有飛彈好多了。當爸爸看著她、和她講話的時候，她都會很開心；爸爸出遠門或盯著飛彈時，她就會很難過。我不想看到媽媽難過。我的哥哥科斯佳非常聰明又懂事，他說我嚇到很多人了。我不會再引爆任何東西了，這一點都不好玩，還有其他更重要、更有趣的事情可以做，可以為所有人帶來歡樂。飛彈就讓你們自己拆掉吧，別讓任何人有機會引爆。請不要再怕我們了。

「歡迎大家來找我們，所有人都可以來，我們會給大家喝有生命的水。媽媽跟我說過以前的人是怎麼生活的，他們不停地忙碌、蓋各種工廠，忙到沒有發現有生命的水已經消失了。水變得髒兮兮的，只能在商店裡買瓶裝水，可是瓶子裡的水是死的、不能呼吸的，所以大家開始生病。之前的情況就是這樣，但是我實在無法想像，為什麼人可以把自己要喝的水弄髒？爸爸還說，現在地球上甚至還有一些國家完全沒有乾淨、有生命的水喝，這些國家的人漸漸因為痛苦的疾病而死去。這些國家沒有蘋果或好吃的漿果，因為所有的生物都生病了，而人把生病的東西吃下去，也會很痛苦。

「歡迎大家來找我們，所有人都可以來，我們會請大家吃沒有生病的蘋果、番茄、梨子和漿果。在你們吃過以後，回到家要告訴自己：不要再做骯髒的事情，過乾淨的生活更好！之後，當你們的一切變乾淨時，我們就會帶著禮物去找你們。」

總統抱著小男孩回來，站在門邊聽達莎講話。當達莎說完時，總統手裡抱著小朋友（小朋友舒服地在他的懷裡），走向講台接著說：「是的，當然了……來找我們吧，真的，我們可以治療你們的身體。但這不是重點，更重要的是我們必須瞭解自己，清楚自己的使命。必須清楚明白，才不會像垃圾一樣，被掃除到地球之外。我們要同心協力，一起清除我們自己帶來的污垢。謝謝各位的觀看。」

總統辦公室的畫面漸漸消失，換成阿納絲塔夏的聲音：

「很難說到底是總統的談話，還是小達莎所說的話，影響了收看俄國這場直播的觀眾，但有越來越多的人開始不願相信那些有關俄國侵略的謠言。他們想要生存，想過快樂的生活，並且認為這是可行的。在克林姆林宮的這場直播節目後，想要前往俄羅斯或甚至定居的人數成長了好幾倍。從俄羅斯回來的人，再也無法像以前那樣生活。人人心中激起新的意識，彷彿清晨的第一道曙光。」

11 科學與偽科學

「阿納絲塔夏，俄國人要怎麼接待這麼大量的遊客？應該會有很大的困難吧？我想到的是，一家人住在家園裡，每分每秒都有一群湊熱鬧的人，從圍籬盯著他們看。」

「來俄羅斯尋求治療的外國遊客，都住在城裡空出來的公寓。食物會從家園送到公寓，但他們不能擅自前往家園，只有少數人去過新俄羅斯人長期居住的地方。心理學家不斷告誡家園的主人，如果對外來遊客熱情款待，尤其是對那些先前公認高度開發國家的人，會造成那些遊客精神崩潰。心理學家說得沒錯，在去過家園的外國人之中，約有四成的人在回國後，陷入低潮而瀕臨自殺邊緣。」

「怎麼會？為什麼？阿納絲塔夏，妳自己說過，家園的一切都很美好，包括周遭的景色、食物，還有家庭之間的相互理解。」

「確實如此，但對多數外國遊客而言，眼前所見的情景實在太美好了。弗拉狄米爾，你自己想像一下，一個老人家大半的歲月都住在城市，竭盡所能賺更多的錢，要讓自己成為不比別人差的人。他用錢換來了房子、衣服、車子和食物，住在美侖美奐的公寓裡，車庫停著他的車，冰箱裡都是食物。」

「嗯，我可以想像，目前聽起來都還不錯，然後呢？」

「弗拉狄米爾，你自己可以回答這個問題吧。然後呢？」

「然後……這個人或許會去某個地方玩，或許會買新的家具或車子。」

「然後呢？」

「然後？不知道，然後怎麼樣？」

「然後這個人會死去——永遠地死亡，或是在地球的數百萬年內都不再存活。他的第二個我——他的靈魂——無法重回俗世的肉體，因為他在地球的這段歲月中，沒有對地球做過任何貢獻。每個人在直覺上都明白這一點，所以人才會這麼害怕死亡。當大多數人的理想相同、生活大同小異時，他們就會覺得自己的生活不只可以，而且應該和所有人一樣，但是他們在這裡看到地球上截然不同的生活方式，看到人類按照神聖的形象，親手創造出人間天堂、愛的空間。他們會開始反思自己如地獄般的過去生活，最後因痛苦而死，而且這個痛苦會持續數百萬年。」

「可是為什麼在看過俄國人的新生活後，不是所有人都會陷入低潮？」

「有些人的直覺告訴他們，就算他們老了、雙手無力了，但只要開始在地球上創造愛的空間，造物者就會延續他們的生命。老人家只要挺直身子、綻放笑容，也能走向年輕人、幫助他們。」

「阿納絲塔夏，可是這樣還是有些怪怪的。遊客都大老遠來到俄羅斯了，卻不能走在俄羅斯新聚落的街道上、呼吸乾淨的空氣。」

「遊客住在城裡，也可以感受地球新鮮的氣息、喝下賦予生命力的水。微風吹過城市，會從隱沒在綠意之中的家園，帶來潔淨、乙太和花粉。當他們到城外旅遊時，可以看到這些天堂樂園般的綠洲，不過得要保持尊重的距離，不去打擾住在當地的家庭。你自己看看所有的情況吧。」

我又看到一個新的未來場景。我看到連接弗拉基米爾城和蘇茲達爾之間的公路，兩者距離三十公里。我以前也常常走這條路，只是那時很少看到有載著遊客的遊覽車，去參觀蘇茲達爾的古老教堂和修道院，大部分都是掛著當地車牌的小客車。但現在這條路完全不一樣了，在擴建一倍寬的公路上，都是外觀漂亮的遊覽車。想必那些都是電動車，因為看不到廢氣、聽不到噪音，只有行駛時的輪胎聲。電動遊覽車坐著來自不同國家的遊客，好多人拿著望遠鏡在觀看周遭的景色。

在離公路約一公里處、多樣化林木樹冠的後方，露出了幾棟房子的屋頂。在那些整齊且有生命的圍籬後方，便是俄羅斯人的祖傳家園。在公路兩旁約兩公里處，有幾間美麗的雙層商店和餐廳，每間前面都有一塊不大的柏油廣場，如果有空位即可停放遊覽車。遊客一個接一個走出遊覽車，大家都想買名產或當場品嚐。

所有商店和咖啡廳都在販售家園種植的農產品，商店裡還有手工縫製的俄式襯衫、毛巾、木製品，以及工匠製作的其他藝品。阿納絲塔夏解釋，大家願意買這些手工製品，是因為他們知道，襯衫如果是由幸福的女人懷著善意親手縫製，價值絕對遠高於機械輸送帶上的產品。

如果從上往下看，會看到林帶（從公路可以看到這些林帶）的後方有茂密的林蔭小徑，以及幾座家園位於綠色的圍籬內。林帶圍住的聚落約有九十座家園，旁邊是一片農地，接著一公里處外又有一個林帶圍住的聚落，就這樣綿延了三十公里長。雖然各家土地的大小一樣，但是外觀完全不同。有些種植果園作物，有些則是野生的樹林，有挺拔的松樹、茂密的雪松、橡樹和樺樹。

每座家園一定都有池塘或游泳池。花園之間的房子也各不相同，有的是雙層別墅，有的是低矮平房，而且風格不一，平屋頂或斜屋頂都有，其中甚至還有一些白色的小房子，讓人想到烏克蘭鄉下的小屋。

家園之間的道路和小徑沒有看到任何車輛，家園裡也沒有特別的活動或工作。這讓我覺得，這裡所有不平凡的美都是天上的某個神所創造的，而人類只要好好享受這些創造就好了。每個聚落的中心都有一棟很大、很漂亮的雙層建築，孩子在周圍玩得不亦樂乎。所以，學校或俱樂部都是蓋在聚落的中心。我和阿納絲塔夏說：

「學校或俱樂部都是蓋在聚落的中心，周圍還可以看到滿滿的活力，反觀家園本身就感覺很無聊的樣子。如果因為種植的方式不用施肥、不需對抗害蟲和雜草的話，那家園主人還可以做什麼？我還是覺得，人要有密集的勞動、創造和發明，才能得到更多的快樂，可是這裡什麼都沒有。」

「弗拉狄米爾，在這些美麗的家園裡，你說的都有人在做，而且這些活動很有意義。過程中所需的智慧、心思和靈感，遠大於你熟悉世界中的那些藝術家和發明家。」

「可是如果他們全部都是藝術家和發明家，那麼他們的作品在哪裡？」

「弗拉狄米爾，你覺得藝術家只能是拿著筆刷、在畫布上描繪美景的人嗎？」

「當然，別人會欣賞他們的畫，而且如果喜歡的話，還會買下來或放在畫廊展出。」

「那為什麼你不覺得，藝術家除了在畫布上作畫，也可以在一公頃的土地上，創造出同樣美麗或甚至更好的風景呢？畢竟要用有生命的材料創造美麗的事物，創作者不僅需要藝術的想像力和品味，還要瞭解各種有生命的材料具有哪些特性。這兩種藝術家都是以創作激起他人的正面情感，讓他們感到賞心悅目。但與畫布作畫不同的是，有生命的畫作擁有許多功能，可以淨化空氣、製造對人有益的乙太、滋養人類的肉體。有生命的畫作會不停地改變色調，可以永永遠遠臻至完美。它和宇宙之間有著看不見的線連接，遠比畫布上的畫作更有意義，所以創造它的藝術家更偉大。」

「說得也沒錯，很難不同意妳的說法。不過，為什麼妳認為這些家園的主人也是發明家、科學家？難道他們和科學有什麼關係嗎？」

「他們和科學也有關係。」

「像是什麼關係？」

「舉例來說，弗拉狄米爾，你會把植物育種、基因工程的人視為科學家嗎？」

「當然，所有人都會把他們視為科學家，他們在科學研究機構裡工作，發明新的蔬果品種，還有其他植物。」

「對，他們有發明，但重點是他們活動的結果、意義。」

「當然有結果，他們發明了抗寒且可保存很久的蔬菜、馬鈴薯品種，而且不會被科羅拉多金花蟲吃掉。先進國家甚至利用細胞育出生命體，現在他們打算培養不同的器官，要移植到病患的身上，例如腎臟。」

「確實如此，但你有沒有想過，弗拉狄米爾，為什麼這些高度開發的國家，會一直出現各種新的疾病？為什麼他們的癌症比例居高不下？為什麼他們越來越需要藥物治療？為什麼有越來越多的人不孕？」

「為什麼？」

「因為很多你稱為科學家的人，根本不能算是理性的存在。他們的人類本質已經殘缺，僅存人類的外表，破壞的力量透過他們運作。你自己想一想，弗拉狄米爾，這些所謂的科學家開始改變生存在大自然的植物，進而改變了這些植物所結的果實。他們還不瞭解果實的用途，就擅自改變。你要知道，在大自然中、在宇宙中，萬物都是環環相扣的。就拿你的車子來說吧，如果技師拆掉或改裝某個零件，比方說濾油器好了，車子雖然還能開一段時間，但很快就會怎麼樣？」

「整個燃油系統會故障、引擎會熄火。」

「也就是說，汽車的每個零件都有用處，所以在動這些零件之前，必須知道各自的用處。」

「當然！不是技師也知道這個道理。」

「但要知道，大自然也是一個完美的機制，目前尚未有人瞭解透徹。在這個有生命的偉大機制中，每個細節都有自己的作用，與全宇宙有著緊密的連結。只要改變任何細節的特性，或是將它移除，都會影響整個大自然機制的運作。大自然有很多保護機制，首先它會對不被容許的行為發出警告。如果沒有作用，就會在不得已的情況下，摧毀這個不聽勸告的『技師』。人類以水果為食，如果他們開始吃變種的水果，自己也會慢慢變成變種人，這是食用變種水果的必然結果。而這已經發生了，人類的免疫系統、智慧和感覺越來越弱，開始失去只有人類才有的能力，變成容易受到操控的生物機器人，失去自己的獨立性。新疾病的出現正可證實這點，警告人類這些不被允許的行為。」

「好吧，假設妳是對的，我自己也不太喜歡這些變種的植物。廠商一開始廣告打得很大，但是現在已經有很多國家開始立法，規定商店販售的基改食品必須貼上特殊標籤，我們國家也已下令如此。很多人試著不買變種的農作物，可是他們說，目前不可能完全拒買，因為市面上太多了，而真正的農作物不多，又比較貴。」

「你看，這就是破壞的力量成功讓人類社會陷入經濟上的依賴，成功灌輸人類這樣的觀念：『如果你們不吃我們的食物，就會餓死。』但事實並非如此，弗拉狄米爾。人吃了這些食物才會死。」

「或許吧，阿納絲塔夏，但不是所有人都會死。已經有很多人知道這點，開始不吃變種食物了。」

「就以你來說好了，弗拉狄米爾，你要怎麼分辨變種的食物？」

「我不會買進口的蔬菜……當地居民自產自銷的農作物好吃多了。」

「那他們的種子從何而來？」

「什麼意思？當然是用買的呀，現在有很多公司專門在賣種子，放在各種顏色鮮艷的包裝內販售。」

「也就是說，消費者是根據包裝上的資訊買種子，卻無法完全確定那些資訊有幾分真、幾分假？」

「妳是說種子也有可能是變種的囉？」

「是的，像現在地球上會結出原始果實的蘋果樹只剩下九棵。在神給人類的所有創造之中，蘋果是最健康、最好吃的創造之一，卻是第一個遭到變種的。舊約聖經早就警告過：『不要嫁接……』但是人類仍執意這麼做，因而造成蘋果消失。你目前在果園或商店裡看到的都不是神聖的果實。你把那些破壞、摧毀原始神聖創造的人稱為科學家，那麼，那些恢復自然機制所有細節的功能的人，你叫做什麼？」

「也叫科學家，但是他們可能更有學問、更有見識。」

「生活在家園的俄國家庭，也就是你現在看到的，正是在恢復之前遭到破壞的機制。」

「他們是從何得知比育種專家、基因工程學家還多的知識？」

「這些知識從一開始就存在每個人之中，設定目標、有想法，以及對自我使命的認知，都提供了機會讓這些知識顯現。」

「哇！所以說住在家園的人是藝術家，也是科學家，那我們是什麼呢？現在生活在地球上的人呢？」

「只要放開自己的思想，至少持續九天以上，每個人都能給自己一個定義。」

12 我們有自由的思想嗎？

「妳說的『放開』是什麼意思？所有人的思想都是自由的啊。」

「弗拉狄米爾，在技術治理社會的生活條件下，人類的思想會受到這個世界的框架與常規奴役。只有當人類思想的自由遭到掏空、奴役，思想的能量受到吞噬，技術治理世界才得以存在。」

「我不太明白，每個人在一生中可以思考很多事情，雖然說不是所有事情都能思考，有些國家的言論自由比較大，有些國家比較小，但人人都能隨心所欲地思考。」

「弗拉狄米爾，這是幻覺。絕大多數的人終其一生，都被迫思考一模一樣的事情。如果你把一個普通人在生命中思考不同事情的時間分成不同段，然後把思考相同事情的時間加在一起，就能很容易地明白這點。透過這個簡單的方法，你會知道現代人類社會主要在想什麼。」

「聽起來很有趣，不如我們一起算算看吧。」

「好，那你跟我說，你認為現代人的平均壽命多少？」

「這很重要嗎？」

「在人類思想一樣的情況之下，這並不重要，但我們後續的計算會用到。」

「好，現代人平均可以活八十歲。」

「好，假設有個人出生了，更正確地來說，是獲得存在的物質層面……」

「講出生就好了，比較好懂。」

「好，孩子在小時候看著這個等他去探索的世界，父母供他吃穿和遮風避雨的地方，但他們也在有意無意間，透過行為和態度，把自己的思想和對待周遭世界的態度傳給孩子。這種可見的認知過程，會持續十八年左右，而技術治理世界會在這些年間，試圖讓這個少年相信它的重要性。接著，在剩下的六十二年，假設人可以控制自己的思考方向好了。」

「沒錯，可以控制，可是妳說有人會奴役他的想法。」

「是啊，我們就來算一算，他有多少時間可以自由思考？」

「好。」

「人每天有一定的時間在睡覺休息。人一天要花多少小時睡覺？」

「通常是八小時。」

「我們以人的一生六十二年計算，乘上每天睡覺八小時，把閏年也算進去，最後會發現人一生中要睡十八萬二千一百六十小時，每天睡八小時等於連續睡滿二十一年。六十二年的人生扣掉二十一年，等於有四十一年是醒著的。醒著的時候，大部分的人都在準備食物。你認為人要花多少時間準備食物和進食？」

「通常都是女人在準備食物，男人必須多花時間賺錢買食物。」

「弗拉狄米爾，所以你覺得一天要花多少時間準備食物和進食？」

「嗯，如果把買食物、準備早餐、午餐和晚餐算進去的話，平常日大概要花三小時。但不是所有家人都會準備食物，其他人只是用餐，或許會幫忙買食物、洗碗，所以每個人算兩個半小時好了。」

「事實上更多，不過就以你說的為準，把一天兩個半小時乘上人活著的天數，會得到五萬六千六百一十二點五小時，等於兩千三百五十九天，也就是六年的時間。四十一年減掉六年，剩下三十五年。為了買得起食物、衣服和房子，生活在技術治理世界的人，必須執行這個世界的必要機能之一——工作。我要先告訴你，弗拉狄米爾，人之所以要工作、拼事業，不是因為真的喜歡，而是為了技術治理的世界而做，否則生命中重要的東西就會被剝奪。

「大部分的人一天得花多少時間工作？」

「我們國家是八小時，再加上約兩小時的通勤時間，不過每週有兩天放假。」

「現在你自己算看看，人一生要花幾年的時間，在他們很少喜歡的工作上？」

「沒有計算機要算很久，直接告訴我吧。」

「在共三十年所謂的勞動生活中，人等於連續花了十年為別人工作——更正確來說，是為技術治理世界工作。所以，三十五年再扣掉這十年，剩下二十五年。

「人在一生中，每天還會做什麼事？」

「看電視。」

「每天看多久？」

「至少三小時。」

「每天三小時等於連續八年坐在電視機前，把剩下的二十五年扣掉八年，剩下十七年。但是在所剩的時間裡，人還是無法自由地做人類獨有的活動。人的思想受制於慣性，無法從思考一件事，立刻轉換到另一件事，收到訊息後要花一點時間分析。人在一生中平均只花十五到二十分鐘在思考宇宙，有些人還從沒想過，有些人則是思考了好幾年。每個人都可以分析過去的生活，算出自己花了多少時間思考。每個人都是獨一無二的，比所有銀河加起來還重要，因為人可以創造這些銀河。不過，每個人也是人類社群的一小部分，整個人類社群可被視為一個生命體、一個實體。當人落入依賴技術治理的陷阱後，這個偉大的宇宙實體將會自我封閉，失去真正的自由而變得依賴，啟動自我毀滅的機制。

「而生活在未來聚落的居民，過著與一般人不同的生活。他們的思想自由且有人性，融合成為一個共同的志向，引領人類社會走出死胡同。面對合而為一的人類夢想，銀河因為開心的預感而顫動。宇宙很快就會見證新的出生和創造，他們的人類思想將會成就美麗的新星球。」

「哇！妳把這些居民講得好浮誇，但他們看起來只是普通人。」

「他們的外表也和別人不同，充滿著偉大的能量光輝。仔細看看，有個奶奶帶著孫子過來了……」

13 來自未來的女騎士

我看見一輛馬車從聚落的方向過來，但應該說是敞篷馬車比較正確，由一匹深紅色的馬拉著。馬車的軟座墊上坐著一位老婦人，前面有一籃籃的蘋果和蔬菜。一個年約七歲、裸著上身的小男孩在前面拿著轠繩，但看起來沒有在控制馬車。他們應該不是第一次走這條路了，馬踏著悠閒的步伐，緩緩走在熟悉的路上。

小男孩轉頭看著老婦人，不知道跟她說了什麼。奶奶露出笑容，唱起歌來，小男孩也跟上副歌唱了起來。電動遊覽車上的遊客幾乎聽不到他們的歌聲，馬車行駛的道路距離公路約一公里遠。

幾乎所有的遊客都拿起望遠鏡，屏氣凝神地看著馬車上的兩人，彷彿看到什麼奇蹟或外星人似的。我再次覺得這樣不太好，這群遊客大老遠從各國跑來，卻不能和當地居民正常對話，只能從這麼遠的距離觀看，而且馬車上的兩人也沒有看他們一眼。其中一輛遊覽車放慢速度，與慢行的馬車平行。遊覽車上坐著一群外國小朋友，他們對著遠方坐在漂亮馬車上的奶奶和孫子揮手，特別是對著小男孩揮手，但他完全沒有朝他們的方向看。突然間，有個年輕的女騎士穿過佈滿植物的漂亮大門，騎著馬從聚落出來。她的紅棕色駿馬精神抖擻地快步追著馬車，追到旁邊後做了一個矯捷的騰躍。老婦人露出笑容，聽著女騎士跟她說話。

小男孩似乎不喜歡自己唱歌被打斷，但他在指責她時，仍掩飾不了內心的喜悅：「媽咪，妳怎麼這麼活蹦亂跳，一刻也坐不住！」那位年輕的女子笑了起來，從掛在馬鞍上的帆布袋中，拿出餡餅給小男孩。他拿到後吃了一口，然後拿給老婦人，對她說：「奶奶，吃看看，還是熱的。」他接著拉了韁繩，停下馬車，彎下腰用雙手拾起裝滿漂亮蘋果的籃子，然後拿給女騎士說：「媽媽，請幫我拿給他們。」同時看向那輛載著外國小朋友停下的遊覽車。

年輕女騎士輕鬆地一手拿著裝滿蘋果而沉重的籃子，另一手給躍起的駿馬拍了拍脖子，飛快地往載著小朋友的遊覽車騎去。在那個時候，已經有好幾輛遊覽車停在小朋友旁邊，車上的乘客興奮地看著女騎士一手拿著一籃蘋果越過草地。她騎到走出遊覽車的小朋友面前，停下馬匹，但是她沒有下馬，而是敏捷地彎下腰，把裝滿蘋果的籃子放在一群興奮的小朋友面前。

她還摸了一個黝黑小男孩的頭，接著向所有人揮手致意後，騎著駿馬奔馳在寬闊的公路中央。載著小朋友的遊覽車司機這時對著無線電說：「她沿著分隔線奔馳！她好美呀！」

好幾台遊覽車開到路肩停了下來。乘客紛紛迅速下車，在路邊一字排開，聚精會神地看著那位年輕貌美的女子全速衝刺。他們沒有大聲驚呼，只是興奮地唸唸有詞。這個畫面確實會讓人感到興奮：一匹駿馬熱血沸騰地奔馳，馬蹄上還冒出零星火花。沒有人拉牠，騎士手上沒有韁繩，連樹枝也沒有，但馬兒仍不停地加速，馬蹄幾乎沒有碰到路面，鬃毛隨風飄揚。想必牠很為自己的騎士感到自豪，想要證明自己配得上她。

她擁有超凡脫俗的美貌，她那端正的五官、淡褐色的辮子，以及濃密的睫毛，自然會讓人為之瘋狂。在她有鑲邊的白色襯衫和白色洋甘菊花紋的裙子底下，不難看出她擁有苗條又豐滿的絕佳身形。全身柔媚的女性線條彷彿藏著某種無法澆熄的能量，臉上的紅暈透露出這種未知能量的強大和無限可能。這位女騎士擁有不凡的健康外貌，看起來非常年輕，與站在路邊的遊客截然不同。她坐在快馬上，身體沒有一絲緊繃，甚至沒有抓著鞍頭或韁繩；她的腳沒有踩著馬蹬，而是直接靠在馬臀的側邊。她低下目光，流利地把些微亂掉的辮子重新綁緊。這位美女有時只要一睜開眼，眼神彷彿帶著某種看不到卻又讓人感到愉快的火焰，向著聚在路邊的某個人燃燒過去。只要和她對到眼，似乎都會抬頭挺胸、拉長身子。

大家似乎都能感受到女騎士散發出來的光芒和活力，所以試著至少讓部分的自己也充滿這股光芒與活力。她知道他們的渴望，所以大方地分享自己，一邊往前繼續奔馳，一邊保持優雅的身段。突然間，有位激動的義大利人跑到路上，迎頭面向奔馳的馬匹。他揮舞著雙手，興奮地喊著：「俄羅斯！我愛你！俄羅斯！」馬兒抬起前腳，原地做了一個騰躍，女騎士沒有因此哆嗦或受到驚嚇。她用單手抓著鞍頭，另一隻手從頭上裝飾的花環摘下一朵花，丟給那位義大利人。他接到禮物後，輕輕地放在胸口，好比貴重無比的禮物，嘴裡不停地重複：「媽媽咪呀！媽媽咪呀！」

但是女騎士沒再理會那位熱情的義大利人，她碰了一下韁繩，馬兒便踏著如跳舞般的步伐，往站在路邊的人群移動。群眾往兩旁退開，年輕的女騎士輕輕跳下馬，走到一位有著歐洲面孔的女子面前，她手上抱著一個熟睡的小女娃。

那位媽媽看起來有點駝背，臉色蒼白且眼神疲倦。她很辛苦地抱著孩子，盡力不打擾孩子睡覺。女騎士走到她的面前，給了她一個微笑。這兩個女人、兩個母親的眼神交會了。看得出來，這兩個女人的心理狀態有多大的差異，手裡抱著孩子的母親無精打采，彷彿一朵凋零的花兒，而迎面走來的年輕女子，則讓人想到數千座萬紫千紅的花園。

兩個女人靜靜地直視對方，這時抱著熟睡女娃的母親，彷彿意識到什麼而精神一振，突然間挺直身子，臉上露出了笑容；那位身段優雅無比的俄羅斯女人，俐落地摘下頭上漂亮的花環，戴在孩子母親的頭上，兩人還是沒說任何話。美麗的女騎士輕輕跳上在一旁乖乖等待的馬兒，再度向前離開。群眾突然對她鼓起掌來，而母親現在笑容滿面、抬頭挺胸，目送她離開，手裡的小孩也醒了過來，露出笑容。熱情的義大利人拔下手上貴重的手錶，邊跑邊大喊：「紀念品！媽媽咪呀！」但女騎士已經騎遠了。

英勇的駿馬離開公路，到了一座平台上方，上頭擺了幾張長桌，遊客喝著黑麥汁和果汁，服務生在雕梁畫棟的房子走進走出，拿出各種美食佳餚給他們品嚐。隔壁有一棟快要蓋好的房子，應該是一家商店或餐廳。那兒有兩個人正在替新房子的窗戶裝上美麗的木雕窗框。聽到馬蹄聲後，其中一位男子轉頭看著靠近的女騎士，然後對著夥伴不知說了什麼，便從鷹架上跳了下來。熱情美麗的女騎士拉住馬匹，跳下馬後迅速地解開帆布袋，跑到男子的面前，靦腆地把袋子交給他。

「這是餡餅……是你喜歡的蘋果餡，趁熱吃吧。」

「妳啊，真是活蹦亂跳的，我的葉卡捷琳娜。」男子溫柔地對她說。他從袋子裡拿出餡餅，吃了一口後開心得瞇起雙眼。

「坐在長桌的遊客停下動作，欣賞起這對情侶之間的互動：一名剛從熱血馬兒跳下的年輕女子，與一名男子面對面看著對方，看起來完全不像結過婚、有小孩的夫妻，反倒像是熱戀中的男女。在這群興奮的遊客眼裡，這名才剛騎完十五公里的女子看起來精力旺盛、彷彿風一般自由。她溫順地站在愛人的面前，一會兒看著他的眼睛，一會兒又害羞得低下頭來。男子突然放下食物，對她說：「我的葉卡捷琳娜啊，妳看，妳的襯衫有一塊濕濕的，該餵小伊凡了。」

她用手遮住充滿母奶的乳房上那一小塊濕濕的地方，羞赧地回答：

「我會餵的，他還在睡覺，我會照料一切的。」

「快點吧，我等會也要回家了。我們才剛把工作做完，妳看看，喜歡嗎？」

她看著裝上木雕窗框的窗戶。

「很喜歡，不過我還有一件事要跟你說。」

「說吧。」

她走到丈夫的面前，踮起腳尖要和他說悄悄話，但就在丈夫傾身向前時，她迅速地在丈夫的臉頰上親了一下，然後頭也不回地跳上身旁的馬兒，發出幸福宏亮的笑聲，與馬蹄聲融為一體。她沒有騎回柏油路，而是在草地上，往家的方向奔馳。所有遊客仍舊看著她的身影。究竟這個騎著駿馬在草地上馳騁的年輕女子——兩個小孩的母親——有什麼特別之處？是啊，她是很漂亮、活力充沛又很善良，但為什麼所有人都目不轉睛地看著她？也許她不只是在草原上騎著快馬回家的女人？也許她代表的是幸福的化身，趕著回家餵孩子、等待心愛的丈夫？所以大家才忍不住欣賞這種奔回家的幸福吧。

14 涅瓦河上的城市

「彼得堡也有像莫斯科這樣的變化嗎？」我問阿納絲塔夏。

「在這座建立在涅瓦河上的城市，事情的發展稍微不同。那裡的孩子比大人還早感受到創造不同未來的必要性，他們自己就先開始改變城市，沒有等到政府的指令。」

「哇，又是孩子，他們怎麼開始的？」

豐坦卡河與涅瓦大街的河岸轉角當時正在挖水溝，一位十一歲的小男孩不小心掉進去，傷到了腳，無法走路。他家住在豐坦卡河沿岸二十五號的公寓，而他只能一直坐在窗邊。窗戶看出去不是涅瓦河，而是公寓的庭院——斑駁的磚牆，屋頂還有一點一點的鐵鏽。

有一天，小男孩問爸爸：

「爸爸，我們是全國公認最好的城市嗎？」

「當然。」爸爸回答兒子，「也是全世界數一數二的城市。」

「為什麼是最好的？」

「什麼為什麼？我們有很多的紀念碑、博物館，市中心的建築也受大家喜愛。」

「我們也住在市中心啊，可是窗外卻只看得到斑駁的牆壁和生鏽的屋頂。」

「牆壁啊……好吧，我們運氣比較不好，窗戶看出去是這樣。」

「只有我們這樣嗎？」

「應該還有其他人，但不管怎樣……」

小男孩把公寓窗外的景象拍了下來，等到可以走路上學時，把照片拿給朋友看。班上所有小朋友都把自家窗外看出去的樣子照了下來，互相比較照片，可是都不是很漂亮。小男孩拉了幾個朋友去找報社編輯，問了當初他問爸爸的問題：

「為什麼大家會覺得我們比其他城市漂亮？」

報社試著向他們解釋亞歷山大紀念柱、冬宮博物館，講了喀山大教堂、傳奇的涅瓦大街……

「涅瓦大街美在哪裡？」小男孩追問，「我覺得涅瓦大街很像一條邊緣脫落的石頭水溝。」

報社又試著解釋各棟建築的價值，描述建築外觀的雕塑，還說現在的城市資金不足，無法一次把所有建築修好，但很快就會有錢，讓所有人看見涅瓦大街有多麼美麗。

「難道把建築外觀翻新，石頭水溝就能變美嗎？而且那過不久又會脫落，還是要有人去補、把脫落的部分黏回去。」

小男孩和朋友跑了很多家報社，把累積很多的城景照片拿給他們看，而且都問了同樣的問題。記者原先對他們的窮追不捨感到厭煩，甚至在一家青年報社中，有位記者直接在走廊上對他們說：

「怎麼又是你們？這次還拉了盟友來啊，陣仗越來越大了你。不喜歡這座城市，不喜歡窗外的景色，那你們怎麼不自己做點什麼？這種批評已經夠多了，不用你們來講。回家去，別打擾我們工作！」

一位資深的記者聽到這段嚴厲的對話，看著那群孩子離開的背影，語重心長地對著年輕記者說：

「你知道嗎？不知道為什麼，他們的堅持讓我想到一則童話故事。」

「童話故事？什麼童話故事？」記者問。

「國王沒有穿衣服！那則童話故事有這麼一句話。」

小男孩從此不再拿問題打擾編輯，也不再從背包拿出一疊照片給他們看。學期結束後，又是另一個學期。報社之間又流傳一個消息：那個小男孩又帶著朋友來了。那位資深編輯已經不只一次，在記者聯誼會上對著同行驚訝地說：

「他又來了……是啊，各位……你們想像一下，他成功地進到會客室了，而且不只他一人，他們所有人靜靜地坐在會客室快三個小時。我答應和他們談談，但事先警告他們長話短說，我只給兩分鐘的時間。他們走進辦公室，在我面前的桌上攤開一張繪圖紙。我看著那張傑作，完全說不出話來。我看得目不轉睛、啞口無言。等到兩分鐘到了，小男孩先開口告訴同伴：

『我們該走了，時間到了。』

『這是什麼？』我叫住走向門口的他們。小男孩回頭後，我從他的眼神感受到不同的年紀。是啊，各位……我們必須認真思考……是啊，各位……」

「他有說什麼嗎？」

「對啊，別吊人胃口，他打算再來嗎？」其他記者發問，資深編輯回答：

「他轉過頭，給了我這樣的回答：『在您面前的，是我們畫的涅瓦大街，雖然現在只是畫在紙上，但整座城市很快就會變成那樣的。』說完後，他便關上門離開了。」

一群記者數次彎下腰看著那張圖，對著所畫的奇蹟美景驚呼連連。

涅瓦大街的房子不再一棟接著一棟，不是一道連綿不絕的石牆。部分的老建築還留著，但房子每隔一棟就拆除了一棟，中間騰出的空地成了美不勝收的綠洲，鳥兒在樺樹、松樹和雪松上築巢，彷彿光看著那張圖畫，就能聽到鳥兒的高歌。市民坐在樹下的長椅上，周圍是美麗的花圃、覆盆子和醋栗樹叢。這些綠洲還稍微延伸到街上，涅瓦大街現在看起來不再是石渠，而是富有生命力又迷人的綠色大道。

建築的外觀裝了許多面鏡子，上千道反射的日光彷彿在與路人嬉戲，同時愛撫著每片花瓣，照進每座綠洲的小型噴水池。市民喝著閃爍光芒的水，露出微笑……

「阿納絲塔夏，那個小男孩還有再出現嗎？」

「哪個小男孩？」

「就是那個一直拿問題跑報社的小男孩啊。」

「那個『小男孩』不在了，他成了一名優秀的建築師，和當時的夥伴一起創造數座美好的未來城市和聚落，讓居民過著幸福快樂的生活。他在涅瓦河上創造的城市，就是他在世上的第一個傑作。」

＊＊＊

「阿納絲塔夏，告訴我，俄羅斯的美好未來要到哪一年才會出現？」

「弗拉狄米爾，你可以自己決定哪一年。」

「什麼自己決定？難道人可以控制時間？」

「每個人如何利用時間做些什麼，都是可以自己控制的。在夢想裡創造的一切，已經存在於空間中了。許多人內心的夢想——你的讀者——將會體現神聖的夢想。你所看到的會在三百年後實現，但也有可能在此時此刻成真。」

「此時此刻？可是又沒辦法在一夕之間蓋好房子，園子一年也種不好。」

「但是如果你在目前住的公寓裡，把種子種到小小的盆栽裡，就可以長出家族樹的幼苗，這幼苗會在你未來的祖傳家園裡成長……」

「妳說的還是未來，不是現在啊。所以說，夢想不可能立刻實現。」

「怎麼不可能？你親手種下的種子，就是夢想實現的開始。幼苗會和整個空間互動，實現你的夢想。你將沉浸在美好明亮的能量之中，你在天父面前，將成為祂的夢想體現。」

「聽起來很有趣，所以要立刻行動囉？」

「當然。」

「不過我要用什麼文字，才能讓大家明白這一切？」

「如果你可以在大家面前展現真誠、真實的一面，自然會知道用什麼文字的。」

「雖然我不知道怎麼做，但我會行動的。妳的夢想已經深深刻在我心裡了，阿納絲塔夏，我很希望我所看到的未來世界能夠快點實現。」

15 為了實現夢想

首先，我必須確定究竟有沒有人想參與生態聚落的建造，隨後在裡面生活、工作。我請弗拉基米爾城的「阿納絲塔夏文創基金會」，替我宣傳照阿納絲塔夏計畫建造生態聚落的消息。兩個月過後，有一百三十九人回覆，表明未來有意願參與聚落的建造，有些還是移民國外的僑胞。等到這本描述俄羅斯未來、俄國人新生活的新書出版後，人數可能又增加千百倍，而且各地的人都有。因此，聚落的建造應該會同時在多個地區開始籌備。有鑑於此，弗拉基米爾城的基金會蒐集並整理現行的相關法條，建議認同阿納絲塔夏觀點的讀者可以這樣開始：

一、先在所在地區組成倡議團體，待日後依照現行法律取得合法地位。

有些地區可能已經有阿納絲塔夏的讀者俱樂部或社群團體，他們可能已經開始籌備了。如果您不清楚所在地區是否有這樣的組織，可以聯絡弗拉基米爾城的阿納絲塔夏基金會。基金會有很多通訊資料，可以將地址提供給您。大致上來說，我對企業家有很高的期望，他們籌備的經驗比較豐富，所以即使所在地區已有相關的社群團體，您還是可以試著與企業家聯繫。

您必須暫時或在計畫試行階段，為自己找一位全權代理人，由他代表您處理行政機關的事宜（遞交土地配給申請、召開會議等等）。可以提供他微薄的報酬。代理人可由自然人或法人擔任。

舉例來說，法人代理人可由知名建設公司擔任，讓該公司優先取得各棟私有房屋和基礎建設的營建執照。這種大型執照對建設公司相當有利可圖，所以他們應該會同意負責申請土地配給，以及處理計畫預算的文件。

二、向地方行政機關遞交正式申請（直接交給行政首長），取得一塊至少一百五十公頃的土地，實際大小則依有意取得土地的人數和當地的資源而定。

您必須考量到未來的聚落會有很多家庭長久居住，所以必須設置小學、診所、俱樂部，這些建設都有賴大量的住戶人口才能持續經營，小型聚落沒辦法建造必備的基礎建設。

三、取得土地後，要請土地測量師、建築師和工人共同規劃聚落。這一點之所以重要，也是因為必須取得配給土地的水源深度資料，才能決定是否能在每一戶中鑿井取水、決定房屋地基的深度，以及是否能在每一塊土地中挖小池塘。這樣整體的規畫也有助於決定未來學校、休閒區和聯外道路的位置。

弗拉基米爾城的基金會已經聘請資深專家訂定示範計畫，如果計畫在您組成倡議團體前完成，您可以向基金會索取，替您節省成本。您要根據當地的情況調整示範計畫，並且與其他倡議團體分享成果。受到青睞的成功提議會被大家採用，最終我們會訂出一個通用的方案。

四、在完成專家和未來居民都可以參與的聚落規畫作業後，您會收到一份詳盡的整體規畫圖（每塊土地至少一公頃）。每個居民都要正式配給一塊土地，過程可以使用抽籤的方式。土地使用必須獲得適當合法文件的授權，且要登記土地所有人的名字，不能像印度曙光村那樣以組織的名義取得。

這樣一來，您就可以站在自己的一公頃土地上，這將成為您的祖傳家園，您的後代會在這裡出生與生活、紀念最初建立家園的祖先，或許還會指出當初規劃土地時的一些錯誤。土地上的一切規畫，現在都是由您決定。您要在哪裡種下家族樹？例如橡木或雪松，它會長到五百五十歲，說不定您未來九代的子孫都能看到這棵樹而想起您。

您要在哪裡挖池塘、種果園和小樹林、蓋房子、弄花圃？您要在祖傳家園的周圍打造什麼樣的活圍籬？或許像阿納絲塔夏所說的那樣，或者比我在上一本書提到的更夢幻、更多功能。您現在就可以開始了，即便尚未取得土地權狀，尚未與志同道合的人組成倡議團體，仍可在腦海中開始建構、細想未來祖傳家園的每一個角落。

請務必記得一件事：您建造的房子即使再堅固，過了一百年後仍會破舊損壞，唯有您創造有生命的設施才會維持好幾百年，而且會越來越完美、越堅固與茁壯。您將因此把有生命的思想傳給後代數百年，甚至數千年之久。

您現在就可以直接開始，不是只在腦海裡想而已。現在就在窗台的盆栽種下種子，讓它成為未來家園中挺拔的家族樹。您當然也可以向苗圃購買現成的樹苗來栽種，或到森林裡需要減少植被密度的地方挖幼苗，但是不要傷害到森林。您當然可以這麼做，但我認為阿納絲塔夏說得對，最好還是親自栽培幼苗，尤其那會成為您未來的家族樹。苗圃的幼苗就像孤兒院的孩子一樣。此外，您不是只種一棵幼苗，而是要種多棵不同的幼苗。而且，在將種子埋到盆栽的土裡之前，您得先向小種子傳遞關於您的訊息。

我知道某些地區若想克服可能的官僚阻礙，需要來自國家層級的支持。如果沒有支持，至少也不要有反對的力量，所以立法機關要有對應的政策。為了避免守株待兔、空等計畫實現，或者期待任何現有的政府機關表明支持計畫，弗拉基米爾城的阿納絲塔夏基金會已經在我的要求下，籌備成立新的政黨，一個由土地使用者組成的政黨。這個新興的社會運動叫做「共同創造」，黨章雖仍需進一步討論及制定，但我認為有一個核心主旨：「政府應向每個有意願的家庭配給一公頃土地，供其終生使用以建造自己的祖傳家園。」

這個運動才剛起步，目前尚未有人帶領，但我相信將來會有博學多聞的政治家加入，能在國家決策階層中為這個新興活動打通關係。「共同創造黨」目前還只是資訊交流的平台，但等到資金到位以後，法務部門就會開始運作。共同創造黨目前的工作，都是由阿納絲塔夏文創基金會的秘書處代為執行。

地方為了建造新式聚落而成立的倡議團體，只要獲得地方政府的支持，就能取得空前的成功。想要做到這點，就得讓政府看到新式聚落可為地方帶來的巨大效益，現在就要讓他們看到。這些效益確實存在，而且不容小覷。您可以試著透過地方媒體舉辦策畫論壇，邀請生態學、經濟學、社會學等領域專家提供意見，討論這項計畫可為當地帶來的實質影響。

至於我的部分，為了至少幫上一點忙，促使政府分配建造祖傳家園的土地，我決定在本書中寫一封公開信給俄國總統。

16 公開信

收件人：俄羅斯聯邦總統　弗拉狄米爾．弗拉狄米羅維奇．普丁

寄件人：俄羅斯聯邦公民　弗拉狄米爾．尼可拉耶維奇．米格烈

普丁總統，您好：

我們想必生在一個非常幸運的時代，我們有真正的機會開始建造一個繁榮富強的國家，完全抵抗外來的侵略，預防內部的衝突與犯罪，成為一個家家戶戶過得幸福富足的國家。只要我們的立法機關帶著善意，向每個有意願的家庭配給一公頃土地，供其建造屬於自己的祖傳家園，這樣我們的世代不僅可以創造美好的國家，還能生活在其中。這樣簡單的行動，必能激起社會各階層大多數人的創造欲望。

土地必須免費配給，能終生使用並有權傳給後代，不得對祖傳家園生產的作物徵收任何稅目。

普丁總統，您應也同意現在有個奇怪而不合乎常理的現象：每個俄羅斯人都應該擁有家鄉，卻沒有人可以指出自己的家園位於何處。如果每個家庭都能得到一座家園，將它變成璀璨的天堂樂園，我們的家鄉就會變得美好。

國家目前的發展政策無法激發國民的創造靈感，因為他們不知道自己會被帶往何處，帶往什麼樣的未來。依循西方模式建立民主及經濟發展的俄羅斯，已被大多數的國民拒絕（或許是出於直覺），而我認為這不無道理。依照常理思考，為什麼我們每一個人或整個國家，要浪費精力去建立一個最終只有毒品、嫖妓和幫派猖獗的國家呢？畢竟這些都是西方世界已經存在的問題。

我們之前經常以為，這些所謂的高度開發國家享有豐富的食物，但現在可清楚看到，這是因為在土壤中施用各種化學添加物和有毒化學物，以及基因工程的緣故，才有如此大量的食物。我們已經看到，進口食品的味道遠不如我國的食品，像德國人就很喜歡購買俄國進口的馬鈴薯。

許多國家的政府擔心這種食安狀況，已經明訂特殊食品標籤的規範，許多科學家也對基因改造食品日益憂心。美國和德國就是罹癌人數前幾名的國家，難道我們也要步上他們的後塵嗎？我不認為這條路可為多數人帶來靈感，可是我們卻允許大肆宣傳的進口商品和西方生活方式，我們卻對新型疾病層出不窮、只能喝商店販售的瓶裝水、俄羅斯每年減少七十五萬人口等問題束手無策，完全就像西方。要知道，這些高度開發國家的生育率不斷下降。我們在很多方面都想和他們看齊，但我已經不只一次聽到那些國家的人民表示，他們希望俄羅斯可以找到，且一定要找到自己的發展途徑，讓全世界看到更幸福的生活方式。

總統先生，想必您已看過很多關於國家發展的計畫。如果和其他計畫相比，我的提議讓您有所疑慮，懇請您先以實驗的方式，在地方首長認為提議還有一點合理的地區試行……

有關這項提議的更多細節，都會在《俄羅斯的鳴響雪松》系列叢書中談到，而我正是這一系列的作者。我不奢望為國是繁忙的您，能夠撥冗親自閱讀，不過已有許多行政機關知道這幾本書，並且做出自己的解讀。他們認為這幾本書在俄國創立了新的宗教，有如「野火燒不盡」般傳遍各地——許多報刊媒體正是這樣形容。我完全沒有想到他們會有這樣的結論，我確實有在書中談到自己對神的態度，但我並不認為自己創立了什麼宗教，只是在描述西伯利亞泰加林中一位不平凡的美麗女隱士，以及她對美好事物的熱切渴望。這幾本書引起不同社會階級的熱烈迴響，受到國內外大量讀者的喜愛，這或許會讓人聯想到宗教，但我認為兩者完全不同。這位西伯利亞隱士的想法、哲理和知識，以及她溝通所用的語言，都可觸動眾人的靈魂。

分析家大概還要很久才能達到共識，瞭解阿納絲塔夏究竟是誰、這幾本寫有她言論的書有何意義，以及如何定義這幾本書引起的反應。就讓他們分析吧，只要不會掩蓋阿納絲塔夏所提的具體建議便無妨。

普丁總統，若想知道阿納絲塔夏所提的土地計畫是否有效，無論阿納絲塔夏或弗拉狄米爾．米格烈是誰，我在此懇請您實驗，將她的計畫付諸實行，可以從重要程度較小的部分開始。

一、我認為對您的政府官員而言，應該不難責成相關的科研機構進行簡單的分析，研究如果依照阿納絲塔夏所說的提議，能否有效淨化大城市空氣中的有害微粒。這項提議的要點，我已在第一本書中提到。

二、授權分析西伯利亞雪松油當作一般保健用品的療效。古籍和托木斯克大學的現代科學研究，都證實了阿納絲塔夏所言不假。這種天然產物只要依照特定的方法製作，就能成為世界上最具療效的產品，可以治療大量的疾病。論及產有松子的雪松覆蓋面積，世界上找不到比西伯利亞還密集的地區了。

若將這項產品推向國際市場及提供內需，將可為俄國帶來可觀的利潤。政府必須制定政策來利用西伯利亞的野生植物，但不是成立大型的生產企業，而是串連真正住在西伯利亞偏遠地區的小戶民眾。推行這項計畫不需龐大的資金，只要立法允許當地居民長期租用泰加林的土地。

普丁總統，總歸來說，即使是乍看之下更不可信的言論，生命也自會為其找出證明。我個人對我們國家的美好未來深信不疑，問題只在於活在現在的我們，是要加速它，還是阻礙它。我誠摯祝福總統先生您，以及活在現在的所有人，可以成為美好未來的創造者！

弗拉狄米爾・米格烈敬上

17 問與答

阿納絲塔夏的計畫引起我的興趣，讓我每天都想思考、談論它。我想不顧一切地捍衛她的計畫、反擊他人的嘲笑、消除他人的懷疑。我在格連吉克的幾場讀者見面會，以及莫斯科的「中央文學家俱樂部」都談過她的計畫，聽眾大多表達支持或興趣（共超過兩千人參加，有來自獨立國協和其他更遠的國家），不過我仍在這裡列出一些常見的問題，以及懷疑者所做的一些評論，然後根據阿納絲塔夏所說的話、我自己的見解，以及我找到的資料來回答這些問題。

問：在當代社會中，任何國家的經濟都不可能脫離世界經濟體系。當代的經濟發展需要建立大規模的產業結構，深入瞭解當代市場的規律、結構和資金的主要動向。您看起來沒有任何經濟背景，卻提議把重點放在小商品生產，忽略主要的商品，而這可能會毀掉國家的經濟。

答：我確實沒有經濟背景，但我完全認同您所說的，大型財閥和工廠在國家經濟中佔有舉足輕重的地位。我想您應該也認同，大型工廠能為國家帶來經濟效益的唯一前提在於，工廠運轉並製造大量的產品。如果這些大型工廠停工（而且這在國內外不是沒發生過），就表示帶來的會是損失。

國家不得不為工人提供失業救濟，數十萬人被迫靠著微薄的津貼勉強過活。他們不知道要做什麼，因為早已習慣只靠工廠的工作養活自己。在這樣的情況下，他們其實可以利用空出的時間，在自己的土地上投入更多心力。

祖傳家園不僅是生活休閒的地方，也可以是賺錢的工作場所，而且收入還比很多企業（或甚至大型企業）高。以更宏觀的角度來看，整個國家不是只有大小型財團，主要的部分其實是由一個個的家庭構成的。

家園可以成為每個家庭的堡壘，成為預防國家各種經濟危機的保障。我認為，讓每個家庭都有機會獨立過著無虞的生活，這沒有什麼不好的。我也認為沒有經濟自由，就不可能會有個人自由。住在高級城區公寓的工作家庭，甚至都可能不自由，他們依賴決定薪資的雇主，依賴決定是否供應暖氣、水電的公用事業，依賴食品的供應，依賴服務和食品的價格，成為這些東西的奴隸，而在這種家庭出生的孩子也會有屈服心理。

問：俄羅斯是一個工業發展國家和核武強國，唯有如此，俄羅斯才能保障國民安全。如果所有國民開始只耕種土地，我們會完全變成農業國家，沒有能力抵抗外來的侵略。

答：我不認為所有人都會立刻同意只靠土地維生，這是一個漸進的過程，必須隨情況調整。國家的實力不是只看是否擁有足夠的核武，還必須有整體的經濟狀況，包括食物的富足和品質。如果國家的食物不夠供養人民，就必須被迫販售國內的天然資源和武器，反而會讓敵人更加強大。

提議中的計畫可以強化國家的經濟狀況，讓科學和產業發展更有機會成功，增加軍隊的作戰實力。在不久的將來，隨著這樣的生活方式越來越普及，我認為且深信，這一定會激起國外許多民眾的興趣，包括那些現在與我們沒有交好的國家，他們也會有人想和多數俄國人一樣打造自己的生活。各國開始實現這項計畫，便象徵了世界大同的時代來臨。

問：這項計畫在俄羅斯最沒問題的地區當然可以實現，但是您難道不覺得，要在車臣這種幫派猖獗的共和國實現很天真嗎？

答：透過這項計畫去大幅降低社會的緊張局勢（特別是那些所謂的「熱點」），並完全停止對立的狀態，我認為這一點都不天真，反而非常實際。如果以北高加索地區，還有其中最亂的車臣為例，現在大家都知道（媒體也報導過），當地之所以衝突，主要是因為一小群人想要控制共和國的石油資源、為了爭權奪利。現在大多數的「熱點」，以及不同時代所發生的衝突，都是因為這種狀況而起。那為什麼有這麼多人（特別是男人）加入車臣的武裝衝突呢？

車臣以前曾有上百座非法煉油廠，全由一小群人把持著。當地數萬人都在這些煉油廠工作。隨後當政府試著撥亂反正時，這些員工卻因此失業，家人連帶也失去生計。這些人投靠武裝份子，無非是為了捍衛自己的工作和家庭福利（雖然也微乎其微）。此外，就我所知，他們並非無償加入叛軍，而是拿著比失業救濟還高的酬金。因此，對大多數一般的武裝份子而言，參加幫派活動只不過是個工作，和俄國警察或軍官沒什麼兩樣，而且錢還賺得比較多。所以，大部分的一般武裝份子才會認為，停止武裝行動對家庭的生計毫無幫助。

如果我們連在一個豐饒的地區都無法解決失業問題，又怎麼可能消除車臣的失業人口呢？假設政府在車臣投注大量的資源，開始成立各式各樣的企業，保證每個居民都有工作，這又會造成另一個問題——薪資不均。如果特別為車臣提高人民所得，那麼整個俄羅斯都要為車臣付出代價，畢竟這種情況必須由納稅人的錢來支付。而且，屆時大部分的投資都會無法達成目標，因為問題仍舊沒有解決，依舊無法將資源分配給有需要的人，最後會造成財政支出攀升，而讓問題重蹈覆轍。

車臣共和國是一個適合農耕的地區，假設國內已經通過配給祖傳家園土地的法案，假設政府會保護祖傳家園，免於任何形式的侵佔，車臣家庭就能獲得土地，建造自己的祖傳家園，耕種的所有作物都是家庭及其後代的獨有財產，讓他們過著衣食無缺的生活，沒有炸彈和非法份子的威脅，而是活在美麗的一角——他們親手創造的家園。我相信這樣的家庭不會反對提供他們這種機會的政府，而是會更熱衷地捍衛政府，不會像現在這樣處處作對；他們會如保衛自己的祖傳家園般捍衛政府；他們會阻止任何人煽動車臣脫離這樣的政府，阻止任何種族歧視的行為。

我相信，如果在車臣領土大規模推動這樣的聚落，即便只是實驗性質，我們稱為「熱點」的車臣都可變成俄羅斯最穩定的地區之一，成為地球上的一個重要精神聖地，一切會有一百八十度的大轉變。當初阿納絲塔夏說有消除犯罪的方法時，我一開始也是半信半疑，但是生命總是能夠印證她的言論。至於車臣共和國……

格連吉克的讀者見面會有上千人參加，有來自俄羅斯的不同地區和獨立國協的國家參加，但最讓我感到驚訝的是，見面會上有好幾位車臣的代表。沒有人特別邀請他們，他們是自行來的。我在會後和他們其中幾個人單獨聊了一會兒。

我們雖然談論的是車臣，但難道國內其他地方就沒有犯罪了嗎？當然有，而且犯罪的形式無奇不有，但造成犯罪的原因之一不就是失業，不就是沒有讓出獄的人有更生的機會嗎？阿納絲塔夏的計畫正可以解決這個問題。

問：如果每一戶有意願的俄羅斯家庭都要給一公頃土地的話，那麼土地會不夠的，尤其加上現在剛出生的新世代。

答：我們現在有一個更棘手的問題，那就是沒有人耕耘土地。我說的不只是荒地或不適合農耕的土地，還有可耕地。至於新世代的問題，很遺憾的是，我們俄國的死亡率大於出生率。根據國家統計局的資料，俄國人口每年減少七十五萬人，所以我們究竟會不會有新的世代，現在都是個問題。

我一開始也誤以為，像那種住在五層公寓的家庭或個人會佔掉比較小的土地，而擁有私人住宅和庭院的家庭或個人佔掉的比較大，但事實並非如此。任何人無論住在哪一層樓，每天都會食用土地生長的一切。為了把這些生長的食物送給他們，需要道路、車子、倉庫和商店，這些都會用到土地。由此可知，每個人時時刻刻都受惠於土地，不管他們是拋棄了土地，還是從沒想過土地，都受到它的恩惠。

之前我沒有拿到具體的數據，自然沒有辦法馬上回答這個問題，但後來我找到了相關資料，可以在這本書中提出來。

俄國的土地：俄羅斯聯邦的國土總面積為十七億零九百八十萬公頃，其中只有六億六千七百七十萬公頃適合農耕。一九九六年初，農耕用地共有兩億兩千兩百萬公頃，等於俄國總土地資源的百分之十三，而其中的一億三千零二十萬公頃（百分之七點六）被歸類為可耕地。

俄羅斯聯邦今年總人口為一億四千七百萬人，如果以這些數據來看，讓每個有意願的家庭各分得一公頃土地，這根本不成問題。不僅如此，問題應在於我國的人口正在急遽減少。分析家甚至這樣預估：如果以目前的趨勢來看，在二〇〇〇年到二〇四五年間，俄國十五歲以下的人口會減半，老年人口會增加一半。人口的增長能力將被耗盡。

還有另一個問題——我國可耕地的品質。

俄國很多土地有土壤遭到破壞的問題，專家認為這個過程已經成了各區，甚至跨區的問題。在俄國的所有農耕用地中，受到侵蝕和有侵蝕危機的土地共有一億一千七百萬公頃（百分之六十三）。在過去五十年來，侵蝕的速度成長了三十倍，特別是從九〇年代初期開始迅速成長。聯合國糧農組織的專家指出，我國是全球侵蝕擴散速度排名前十的國家，而且到了二〇〇二年，會有多達百分之七十五的耕地受到影響。我還可以舉出更多關於我國土地的詳細統計資料，看了會讓人難過。我把資料放在書的最後。

在看過以上的數據之後，我現在可以確信地說：阿納絲塔夏的計畫可以使我國不再肆無忌憚地濫用土地，這是目前唯一有效且可行的方法，預計透過自然的程序恢復土壤的肥沃度。這個計畫不需政府額外投資，就能解決生態、難民和失業問題，我們現在因如此對待土地而留給後代的問題也會消失。

大自然中或許有更有效且可行的計畫，那就等人提出吧。目前有某些機構只是想要更多的錢，以過時的方法復興農業。他們要求的金額政府給不起，但最令人難過的是，就因為國內沒有足夠的糞肥，這些機構萬一向國外借款，強行施予化學肥料，這對土地的傷害更大。債務之後還得連本帶利償還，使得土地的狀況越來越糟，把問題丟給新生代扛。我要盡我所能地捍衛阿納絲塔夏的計畫。想必大部分的官員不會把一個泰加林的隱士視為權威，而我也不是什麼農業專家，所以要向這群聰明的政治人物證明計畫的成效並不容易，但我仍會用盡一切辦法執行。

如果有讀者熟悉政府的運作機制，可以用更專業的語言向負責的政府高官解釋阿納絲塔夏計畫的成效，我會非常感謝的。或許這本書也能打進做出相關決策的權力體系，所以我要代表有意願打造祖傳家園的所有人，再次向政府官員喊話。我不知道有意願參與的人有多少，但我相信一定有上百萬人。在此代表他們提出以下要求：

> 在立法層級上解決土地的問題，為國內每個有意願的家庭免費配給一公頃土地，讓每個有意願的家庭有機會打造自己的祖傳家園，為家園增添光采，用愛照顧這個家鄉的一角，讓俄羅斯成為美麗又幸福的國度，畢竟這個國度是由一塊塊小土地組成的。

問：國內很多地區的生態相當複雜，或許可用「災難」來形容目前的情形。難道不應先把心力放在整體生態的改善，就像很多環保團體正在努力的那樣，然後再關注個別的家園嗎？

答：您自己也說有很多關心生態的環保團體，可是情況還是越來越糟，這不就表示只關注生態是不夠的嗎？畢竟情況持續惡化，甚至到了災難的地步。想像一下一座美麗的花園，還有各種樹木，全都生長在一座規劃好的美麗家園——天堂樂園的一角，一塊一公頃的土地。這雖然不足以為全國或全世界帶來全面生態的改變，可是讓我們想像一下，如果這樣的角落有數百萬個，我們就能看見整個地球處處都是盛開的天堂樂園。這要從我們每個人做起，開始打造家鄉的一角。如此一來，我們或許就不用再成天憂心不已，而可全心全意地付出行動。

問：您覺得失業的家庭會因為擁有一公頃的土地而富裕嗎？如果您真的這樣認為，那為什麼現代的農村仍是停滯不前？農村的人都有土地，卻仍養不活自己。

答：我們可以一起思考這個現象，但我想先在這之前提出幾個問題：

為什麼有數百萬人說過，四、五百平方公尺的夏屋園地，為他們帶來了很大的經濟助益、大幅改善食物的供給，可是農村裡土地有一千五到兩千五百平方公尺的地主，卻覺得自己吃不飽、穿不暖？

為什麼會這樣？是不是幸福的生活也取決於我們的意識呢？大多數的農村居民都認為，只有在城市才能過好生活，所以年輕人才會外流。我認為會有這個現象，不久之前的政令宣傳也要付一半責任。回想五、六〇年代媒體吹捧的文章，誰是當時的英雄？是礦工、伐木工、機械操作員、飛行員、水手……

就連藝術家所畫的都市景觀，都是一堆冒著濃煙的大型工廠，偶而才會屈尊俯就似地畫到農民，然而卻是以負面的角度去描繪這些努力耕耘土地的人。政府甚至試圖在農村地區建造城市的房屋，奪去農民家中的庭院，讓他們只能在所謂的公共農場工作。一切有如印度曙光村的情況：你可以在土地上生活及工作，但那終究不是你的土地。這些情況造成了令人難過的結局。

政治人物和大眾媒體不斷反覆張揚，現代農村和大多數的國民一樣，普遍存在貧窮的問題，頻率高到讓大眾產生了一種印象，住在農村的人一定很窮。他們幾乎不會舉例說明，其實生活幸福與否主要取決於你自己。某些人會基於利益考量，說出「不要指望自己，只有我可以讓你幸福」這句話，像是很多宗教領袖都會這樣講，政治人物在選民面前也是如此。如果想過得窮困潦倒，那就繼續相信他們吧。我想講的不是如何變窮，而是如何變得富足。如果有人問我，擁有自己的一小塊土地，能不能讓生活衣食無缺，我會回答「可以！」以下就是一個實例。

一九九九年，我有一個莫斯科的企業家朋友，他在讀完《阿納絲塔夏》後邀我去他家做客。他告訴我，他的食物可以和阿納絲塔夏在泰加林準備的幾乎一樣，這讓我十分好奇。當我到的時候，桌子還是空的。我們坐下來聊天，而安德烈（這位企業家的名字）一直在看手錶，頻頻道歉有人晚到了。

不久後，他的司機手提兩個大籃子走了進來。桌上有了番茄、小黃瓜、麵包等食物，讓房間充滿了迷人的香味。幾個女人在幾分鐘內擺出一桌好菜，我們喝的不是百事可樂，而是香氣十足的絕佳俄國黑麥汁；我們喝的不是法國干邑白蘭地，而是浸泡某種藥草的自釀酒。番茄和小黃瓜雖然沒有像阿納絲塔夏在泰加林準備的一樣好，但是絕對比超級市場，甚至農夫市集賣的好吃數倍。「這些是哪來的？」當我疑惑地問他時，他給了我這樣的答案。

在梁贊回莫斯科的路上，安德烈的司機把吉普車停在一座不大的路邊市集，買了一罐一公升裝的酸黃瓜和一罐番茄。他們之後到了一家小餐館用餐，把剛買的罐頭打開來吃。用完午餐後，安德烈讓司機調頭，去剛剛的路邊市集，買下了老婦人所有的東西，還說要載她回家。老婦人一個人住在非常老舊的小屋，旁邊有一小塊菜園。從公路開到她住的小村落有十五公里。安德烈的商業頭腦動得很快，而後續的發展如下……

安德烈在鄉下的森林旁買了一棟房子，佔地兩千平方公尺，位在離莫斯科一百二十公里的無汙染地區。他把房子登記在老婦人名下，把相關文件和合約交給她，同意每個月支付她三百美金，而老婦人除了留下自己要吃的，必須把菜園的作物全部供他家食用。這個老婦人名叫娜杰日達．伊凡諾芙娜，六十一歲。她不是很懂或相信這些文件，所以安德烈把她帶到村委會，請村代表唸給她聽，並解釋這些文件合法。村代表讀過這些文件後，告訴老婦人：「這對妳沒有損失呀，伊凡諾芙娜，又沒人要妳放棄那間破舊的房子。只要妳不喜歡，隨時都可以回去住。」伊凡諾芙娜終於點頭答應了。

她搬進那間不錯的房子至今三年了。安德烈請了工人替她鑿井，安裝暖氣和自動熱水器，還挖掘、設置了一座地窖。工人在土地周圍搭起圍籬，把所有必要的家具搬到家裡，買了一隻羊、幾隻雞和飼料，還有很多生活必需品。

伊凡諾芙娜的女兒和小孫女也搬來和她一起住。安德烈讀完阿納絲塔夏所說的種菜方法後，開始自己栽種幼苗，但他只用伊凡諾芙娜所給的種子。安德烈的父親原是一位餐廳經理，現已退休，夏天時會帶著幼苗，開心地幫忙她們的農事。伊凡諾芙娜和女兒有地方住、有工作做，而安德烈的家庭（他和太太、父親和兩個孩子）整個夏天有新鮮、純淨無汙染的蔬果，冬天則有精心醃漬的食物，而且終年在需要時都能取得藥草。

或許有人會說我舉的例子只是例外，世界上沒有這種事！早在十年前，當我還是西伯利亞跨區企業家協會的主席時，就有很多企業家會員嘗試這樣的農耕副業，有些人是為了公司，有些人純粹是為了家人。現在您還可以在報紙中看到這種服務的廣告，不過有一個「但是」，那就是很難找到能夠勝任的人，或者說能像伊凡諾芙娜這樣工作的人。既然很難找到，不如自己想想該如何對待土地。我們可以交流經驗，討論如何在自己的土地上變得富足、幸福，而不是越來越窮。

問：弗拉狄米爾先生，我是個企業家，我也知道很多富人會利用農村居民的服務，這些居民擅長耕種及保存農作物，而且真的比大型農場生產的好吃。然而，大量生產會造成需求下降，如果再也沒有人需要他們的番茄或小黃瓜，這些只靠一公頃土地賺錢的家庭該以什麼維生？

答：土地不只可以種番茄和小黃瓜，還有其他很多作物。不過，即使俄國半數的家庭都有自己的家園，收成量也不夠滿足未來二三十年的需求，因為不只俄國人需要，其他很多國家也需要，特別是富裕的國家。原因出在大部分國家的農業生產者都把心思放在植物的人工育種、化學加工，直接扼殺了作物的原生種。我說的不是作物的外觀，而是內容的完整程度。如果以小黃瓜和番茄為例，每個人都能遇到以下這個狀況：

走進一間一般的超市（高檔超市更好，現在大城市開了不少家）時，會在架上看到非常漂亮的進口番茄和小黃瓜，每公斤至少三十盧布。每個大小相同，都很漂亮，有時還會連著綠色的梗一起賣，可是完全沒有香味或口感。那是變種的！那是假象、偽裝，只是外觀讓人覺得是某種作物。現在世界上大部分的人都以這種變種作物為食，這不是我發現的，西方早有很多我們認為高度發展的國家都很擔心這種作物。

像德國就頒布了法令，規定生產的蔬菜必須標示是否含有特定的添加劑，而比較有錢的人會避開這些商品。在西方國家，無汙染地區中化學肥料劑量有限的作物都會貴上好幾倍，只有西方的農業體制不允許農民種植毫無汙染的作物，他們被迫雇用工人及採用各種器具、化學肥料和除草劑，只為了獲得最大的利益。

假設西方有農夫想種無汙染的作物（事實上也真的有），並且把阿納絲塔夏所說的話考慮在內。如果您還記得的話，她曾經說過，不能除掉所有的雜草，因為這些雜草對收成有一定的效用。我們還是假設有農夫想種這種作物，不管他是為了家人或朋友，可是一個難以解決的問題來了——種子。人工育種已經讓西方的原生種消失了，連俄國也剩下很少，特別是在開放進口種子之後。如果使用自己土地的種子，蔬菜作物就會漸漸恢復原來的特性，從土壤吸收人類所需的所有營養，但完全恢復需要好幾十年。在俄羅斯，或許是因為小農並不富裕但人數很多，他們大多使用自己的種子，而這也成為他們的資產，不久後必能帶來百倍的經濟效益。

我們在談論種子，談論在無汙染地區耕種的必要性，談論避免使用化學肥料，這些都是正確的，世界上很多國家也在討論，但都只是紙上談兵：美味健康的作物仍然遠遠不足，特別是那些高度開發的國家。而且光種是不夠的，還有後續的加工和保存啊！

無論我們的技術治理世界做出多少努力，那些高科技工廠都沒辦法像俄國許多老婆婆一樣，做出美味無比的醃番茄、酸黃瓜、泡菜。其中有什麼祕方？除了祖傳的智慧之外，很少人知道從菜園採收番茄或小黃瓜後，必須在十五分鐘內醃漬裝罐，時間越短越好，這樣才能留住美好的香味、乙太和氣場。如果想加其他東西（如茴香），也要按照這樣的做法。

水也非常重要。用那種沒有生命、添加氯的水能有什麼好處？我們把這種水拿來煮、蒸罐子，但也有人是用泉水，把越橘或其他東西加進水裡……您想試看看嗎？取一罐泉水，將越橘加到三分之一滿，接著就能享受這杯水，過了半年也可以喝。

很多俄國人會為了過冬醃漬蔬果，在經過他們的巧手之後，這些食物都會特別好吃，甚至超過世界知名廠牌的醃漬食品，你們每個人都可以自己比較看看。現在假設有個住在家園的家庭，做了一千罐容量一公升的醃番茄和酸黃瓜，品質是最頂級的，在許多方面都超過其他的食品，世界上找不到任何更好吃且無汙染的食品，世界各國的人都希望餐桌上有這些美食，包括美國的億萬富翁，以及在賽普勒斯度假的遊客。罐頭上的標籤會寫「產自伊凡諾夫的家園」、「產自彼得羅夫的家園」、「產自西多羅夫的家園」。

想當然耳，企業家對販售一千罐容量一公升的食品肯定興趣缺缺，但是如果一個聚落有三百戶家庭，總共可以製作三十萬罐，這樣就連大型企業都會有興趣的。我猜一開始的單價會和現在超市賣的一樣，大約是一塊美金，但只要有人嚐過，價格一定會更高，或許能翻個數十倍。

我說的小黃瓜和番茄只是其中一例，家園可以生產的東西還有很多，像是葡萄酒、甜酒，還有醋栗、覆盆子、黑莓或甜花楸果釀成的漿果酒等等。每個人都能釀出自己的「酒香」，而且酒還會越陳越香，超市任何要價不菲的高檔酒都比不上。在世界上的其他地方，找不到像俄羅斯的這些釀酒原料了。此外，還可按照古法加入藥草，釀出具有療效且富含維他命的藥酒。

阿納絲塔夏說過，手工縫製的俄式偏領襯衫在不久後，會成為全世界最流行的服飾，這也是一個可以思考的方向。另外，家園還可以在冬季時製作手工木製品。總而言之，有句至理名言說：「想要得到幸福，就去做一個幸福的人」，但也可這樣說：「想要得到財富，就去做一個富有的人」。重點在於不要為自己預設貧窮，而是要把自己設定成富有的人。思考如何變得富有，這樣才合理得多，而不是一直告訴自己辦不到……

問：阿納絲塔夏認為，年輕夫妻在您所描述的那種家園裡，會比在一般公寓裡更容易維持對彼此的愛。請您告訴我，您有和心理學家或研究家庭問題的學者討論過這點嗎？如果有，他們對此有什麼看法？為什麼會如此？

答：我沒有和學者討論過這點。對於如何維持愛情，我不是很有興趣，重點是愛一直存在。至於愛的發生與否，您或許問問自己就知道了。思考一下，您想要看到自己的兒子或女兒住在哪裡：那種像地牢的公寓，還是有美麗花園環繞的房子？

思考一下，您想拿什麼餵養兒女或孫子：罐裝食品，還是新鮮無汙染的食物？最後，您想要看著孩子健健康康地長大，還是靠著藥局維生？您可以去問任何年輕的女性，如果她對兩個男人的感情一樣，她會比較想嫁給把自己生活、家族未來建立在公寓裡的男人，還是建立在有美麗花園的房屋的男人？我想大部分的人都會選擇後者吧。

評論：任何國家的振興只能從精神層面的形成做起，我國政府的許多官員和總統都知道這點，也開始在談論精神。大多數的讀者將阿納絲塔夏視為精神境界很高的人物，依照造物神的法則生活。她講的是精神價值，而您卻讓讀者脫離正軌，號召大家在自己的土地上做生意，讓他們遠離精神層面。

回應：長久來看，我認為沒有人可以使人類遠離真正的價值。現代當權者開始談論精神層面，這是好事。我一開始也不是完全明白阿納絲塔夏的言論，但她所說的話總會在某個時刻化為現實。相對於哲理思考，現實更能讓我明白，所以我才會談論實際的事物，我認為這在精神層面上也是最重要的。我想世界上已經有不少關於精神和神的概念了。

在與阿納絲塔夏聊過，並思考我所遇到的一切後，這些概念也開始在我的腦中成形。對我而言，神是人，一個善良、聰明且樂觀的人，祂希望自己的人類孩子一起及各自獲得幸福；神是父親，關愛、照顧每一個人，但給每個人全然的選擇自由；神是智者，時時刻刻都在努力為自己的孩子只做好事。祂的太陽每天升起，小草花兒每天成長。樹木茁壯、雲兒飄動、河水激起水花，每分每秒都準備好供人解渴。

我不覺得，也絕不可能相信，我們睿智的天父會認為無需實際的行動，只要不停地談論精神，就能達到精神的境界。

自從所謂的「鐵幕」消失後，各種看似具有靈性的傳教士一窩蜂地湧進俄國，國內也出現不少的本土傳教士。

他們無不試圖告訴我們，身為天父的神希望我們做什麼。有些人說要有不同的飲食習慣，有些人學習用哪些話和神溝通比較好，還有些人——如奎師那教——堅信必須從早跳到晚，大聲唸出梵咒。但對我來說，這些都是無稽之談，我不敢想像還有什麼比這些裝腔作勢、跳動和咆嘯，更讓神感到難過的。任何關愛孩子的父母都希望看到，自己的兒子或女兒能夠延續父親的事業，與他一起共同創造。神的親手創造就在我們四周，還有什麼能比關心這些創造、借助這些神聖創造來開創自己的生命、自己的生活、孩子的生活，更能展現我們對神的愛呢？

各種裝腔作勢和冥想，都無法讓整個國家和每個人民變得更幸福，因為那會使人偏離真理、離神遠去。他們費勁心思，不停想出新的形式代表真理，教義來來去去，有些存在數百年之後只淪為笑柄，有些流傳不過幾年時間，就如閃光一般不著痕跡地消失，沉思過後只在一路上留下垃圾和髒汙，還有人類受到摧殘的命運。

我曾問過阿納絲塔夏：「為什麼我們總是被迫去聽各種傳教士用不同的話描述神？神為什麼不能用自己的話和我們溝通？」阿納絲塔夏回答我：「自己的話？地球上每個民族都有很多意思不同的詞彙，還有這麼多不同的語言和方言，但有一個語言是大家共有的，就是神召喚世人的語言。它是由葉子的沙沙聲、鳥叫聲、海浪聲交織而成。神聖的語言也有氣味和顏色，祂透過這樣的語言，回應每個請求，以祈禱般的方式回應每個祈禱。」

神每分每秒都在對我們說話，但難道不是我們自己的精神怠惰，使我們不想聽祂說話嗎？我們可能會想：「我只要唱出梵咒、跳上跳下，天賜就會降臨，神會讓我獲得幸福，我將成為天選之人，高過其他萬物。只要一次就會成功！」而話說回來，我們必須花上好幾年自行打造天堂樂園，等待樹木長大結果、花朵開花……可是如果不做這些，我們不僅是拒神於門外，更是在污辱祂，用自己的長篇大論和裝腔作勢貶低祂。

您當然可以不要聽阿納絲塔夏的話，或者特別是我的言論，但您總會有機會走進春天的森林或花園，靜靜地聆聽自己的心聲。多數人的心一定都能聽到天父的聲音。根據阿納絲塔夏的轉述，當天父被問到「當破壞的能量在地球上凌駕萬物，某些人會突然為了自己的利益，以祢的名義設法讓別人臣服於自己，到時祢該怎麼辦？」時，祂回答了：「到了那一天，我會化作黎明升起，陽光將毫無遺漏地愛撫地球上的所有創造，幫助我的子女理解：人人都能透過自己的靈魂和我的靈魂對話。」祂自始自終都相信我們，堅信著：「無論用哪種理由讓人誤入歧途、走上絕路，都會遇到一個主要的阻礙，這將會阻擋攔帶謊言的一切，我的子女會渴望理解真相。謊言必定有限，但真理是無邊無際、獨一無二的。在我子女的靈魂之中，永遠都會有這種意識。」

所以說，每個人都不能因為怠惰，而不從自己的靈魂去獲得神子的意識——不是什麼奴隸的意識，也不是在鈴鐺底下跳來跳去的愚蠢生物機器人意識。

我們還要向天父提出幾次「賜予我」、「獻給我」、「拯救我」的要求？難道我們現在不該做點什麼，來讓天父開心嗎？我們可以做什麼讓祂開心、帶給祂快樂？對於這種問題，阿納絲塔夏說有一個簡單的方法，可以用來測試多數靈性理念和方向。她說：「當有人冒似以天父的名義，使你的靈魂受到動搖時，你可以注意那個傳教士本身如何生活，然後想像如果所有人都按照那樣生活，世界會變得怎樣。」這個簡單的方法可以測試很多事情，我曾試想著，如果地球上的每一個人，從早到晚都像奎師那教那樣在唸梵咒，全人類會有什麼後果，我想馬上就會世界末日吧。現在請您想像一下，假如地球上的每個人開始種植自己的花園、菜園，整個地球必定會變成生機盎然的天堂樂園。

身為一個企業家（應該說「前」企業家，但至少用這個身分形容自己還是很貼切），坐而言當然不如起而行，這大概也是為什麼我會認為，能夠付出行動，幫助地球、家人、雙親，進而取悅神的人，才算是真正具有靈性。如果說自己具有靈性，卻無法讓自己、心愛的女人、家人和孩子感到幸福，只能算是虛假的靈性。

問：阿納絲塔夏談過一種本質上完全不同的育兒方式，以及新式學校，這只能在她所描繪的聚落中實現嗎？還是在先進的大城市也可以？謝琴寧對此有什麼看法？您在第一本書中還有提到，阿納絲塔夏認為孩子的教育非常重要，而且總是試著和您談論這個話題，可是您卻一直閃避這個問題，在您的書中幾乎沒有談到，為什麼？

答：米哈伊爾·彼得羅維奇·謝琴寧是在森林裡創辦寄宿學校的。只要第一座由祖傳家園組成的聚落開始動工，就要請謝琴寧先生來針對未來的學校設計特別的課程。如果他不能親自授課，我也會請他派他最好的學生過來，以及挑選目前正在教學的老師。

我認為不可能在現代的都市中創辦這樣的學校，先不管阿納絲塔夏會怎麼說，我們回想一下自己的求學時期：學校說一套，外面說一套，家裡又是另外一套，要搞清楚什麼才是真理，試著瞭解世界的整體樣貌，一半的生命都過去了。我認為，我們應該先自己試著學習如何過正常的生活，才能教育我們的孩子。等到我們擁有人類該有的生活，我們才能與學校一同關心孩子，達成共識、彼此互補。

阿納絲塔夏確實常談到孩子的教育，但她所說的和現在任何以天、小時、分為單位安排的制度都不一樣，而且她說的話經常不是很清楚，例如：她說過，家長教育孩子，要先從教育自己、為自己打造幸福的生活、自己試著與神的思想接觸開始。美麗的祖傳家園，正是這種教育的必備要素。

18 人生哲學

我拜訪這個人三次了，他住在莫斯科近郊一個有名的豪華夏屋區。兩個在政府擔任高官的兒子，為年邁的父親蓋了一棟兩層樓的大別墅，還請了管家打理家事及照顧父親，自己一年頂多在父親生日的當天才前來探望。

他是尼可拉．費奧多羅維奇，快要八十歲了。由於雙腳的病痛，他幾乎整天都坐在進口的輪椅上。他的大別墅是以豪華的歐式風格建成，一樓一半的空間都是他的書房，藏書豐富、涵蓋各種語言，主要都與哲學有關，而且均為昂貴的精裝版。退休之前，尼可拉在莫斯科一所知名大學教授哲學，擁有很高的學歷。他在年老時搬進了別墅，幾乎整天都窩在書房裡讀書、思考。

我之所以會認識他，是因為管家佳琳娜的堅持——她曾來過我的某場讀者見面會。現在我很感謝她讓我們有機會認識。

尼可拉讀過阿納絲塔夏的書，所以跟他聊天非常有趣。雖然這位老先生的學歷很高，他卻能用淺顯易懂的語言，解釋阿納絲塔夏時而艱澀的言論，或者分享他在書中發現的新想法。

在第三本書《愛的空間》出版後，弗拉基米爾城的阿納絲塔夏基金會把一些信轉交給我，內容盡是不同的宗教領袖以非常挑釁的語氣批評阿納絲塔夏，說她是愚蠢、卑鄙的女人，甚至有一封信通篇都是不堪入耳的髒話。

我不明白為什麼阿納絲塔夏突然招致一些宗教領袖這樣的攻擊，於是就把其中幾封信轉寄給尼可拉，想要徵詢他的意見。兩個月過後，他的管家佳琳娜得知我在飯店。她一見到我，便心急如焚地拜託我馬上去找尼可拉、和他說說話，因為她很擔心他的健康。面對這樣的堅持，實在很難拒絕。

尼可拉的管家是個身材高大、壯碩的女人，但不是胖，就像一般體型大、力氣大、年紀在四十到四十五歲之間的俄國女人。她的一生都在烏克蘭的鄉下度過，開過耕耘機和卡車，還做過飼養員。她的廚藝很好，熟悉草本植物，也很愛乾淨。她只要一激動，講話就會帶有濃厚的烏克蘭口音。

不知道尼可拉的兒子是怎麼找到她，並讓她做父親的看護，但看到一個博學多聞的老哲學教授，和一個教育程度不高的鄉下女人對話，實在是滿新奇的。佳琳娜住在別墅的其中一間房間，如果只做家事也就罷了，她確實做得還不錯，但是她總是想聽我和尼可拉在講什麼，一定會在我們旁邊找事情做，一邊打掃同一個地方，一邊自言自語，評論她聽到的內容。

佳琳娜這次開尼瓦汽車（Niva）來載我，那是尼可拉的兒子買給她的，讓她在有需要時進城買東西、到森林採藥草或幫父親拿藥。我放下手邊的工作，坐上她的車出發。開在莫斯科市區時，佳琳娜一直沒有說話，因為在市區開車讓她緊張到額頭都出汗了。一直開到熟悉的環狀道路時，佳琳娜才開口：「呼，終於出來了。」她接著開得比較自在，講話也快了起來，開始夾雜烏克蘭文和俄文，訴說自己的擔憂：

「他以前是個很平靜的人，整天坐在輪椅上不說話，讀讀書或想事情。我每天早上都會做蕎麥粥或燕麥片，餵完他後才能上市場，或到森林拔一些對健康有益的藥草。知道他會乖乖坐在輪椅上想事情或讀書，我才可以安心地出門，可是現在變了。我把你寄來的信轉交給他，他讀了以後，才過兩天就告訴我：『佳琳娜太太，拿一些錢去買阿納絲塔夏的書，然後去市場的時候，別急著回家，留在那裡觀察路人，只要看到有人難過或病懨懨的樣子，就把書送給他們。』我這樣做了一次、兩次，但是他還是靜不下來。會對我說：『別趕著回來做午餐了，佳琳娜太太，我想吃自己弄就好。』但我每次還是會趕回家，做午餐給他吃。

「但是有一天，我從市場回到家，要把藥草茶拿到他書房時……卻發現他不在輪椅上，而是趴在地毯上。我衝到電話旁，拿起話筒，準備按照他兒子的吩咐打給醫生。他們給的是一個特別號碼，和其他人用的不一樣。我打了之後，對著話筒大喊『救命！救命！』但他抬起頭，告訴我：『別打了，佳琳娜太太，我沒事，我在運動，伏地挺身。』我趕緊跑到他的身旁，把他扶到輪椅坐下。他腳病成那樣，要怎麼自己從地板上爬起來？我對他說：『這算哪門子運動啊？哪有人趴在地上都不動的？』而他回答：『我做完了，只是在休息，讓您白擔心了。』

「隔天，他又自己從輪椅上下來，趴在地板上做他的運動，於是我買了啞鈴給他——應該不是啞鈴，那叫做拉力繩。有握把和彈力繩，想要做輕一點，可以只鉤一條繩子，等有力氣再鉤四條。我買了拉力繩給他，他卻還是喜歡從輪椅上起來，簡直就像不懂事的孩子。他已經沒有年輕人的心臟了，不能一下做負荷太重的運動，得一步一步慢慢來，但他還是像個不懂事的孩子。我替他工作快要五年了，從沒發生過這樣的事。我也不知道該怎麼辦，請你和他談談吧，告訴他如果真的這麼喜歡運動，也要輕輕做，告訴他慢慢來……」

當我走進他寬闊的書房時，壁爐的火燒得正旺。老哲學教授不像平常那樣坐在輪椅上，而是坐在很大的書桌前寫字（或是畫畫）。我從他的外表就看得出來他不太一樣，他身上不是平常穿的長袍，而是穿襯衫打領帶。他比平常還有朝氣地對我打招呼，立刻邀我坐下，跳過「過得好嗎？」這種標準的問候，直接進入主題。他講得慷慨激昂：

「弗拉狄米爾，您知道地球上會出現什麼樣的美好時代嗎？我不想死，我要活在這樣的地球上。我讀了那些咒罵阿納絲塔夏的信，謝謝您把信轉寄給我，讓我明白了很多事情。他們把泰加林的隱士阿納絲塔夏稱為巫婆、女巫，但她其實是最偉大的鬥士。是啊，您想像一下，她是光明力量最偉大的鬥士。她的意義和偉大將會為後人稱道。在留傳至今的故事、頌讚歌曲和傳說中，人類意識、理智和感覺，都無法想像這位鬥士有多偉大。您別覺得驚訝，弗拉狄米爾，不要一提到阿納絲塔夏，就像平常那樣充滿戒心。她也是人，擁有人類所有（真的是所有！）本性的女人，擁有女性身為人母的所有弱點和優點，但她同時也是一個偉大的鬥士。此時此刻就是！我會試著不要講得這麼難懂。一切都可歸於哲學的概念。弗拉狄米爾，您看我的書櫃上有很多書，都是不同時期、不同地區的思想家所寫的哲學著作。」

尼可拉指著書櫃，一本一本唸給我聽：

「那本是古代修辭學，在講活的、有生命的天體；旁邊那本是寫蘇格拉底，他本身並沒有著作；右邊那幾本是盧克麗霞（Lucretia）、普魯塔克（Plutarchus）、馬可·奧里略（Marcus Aurelius）的書；下面幾層是尼扎米（Nizami Ganjavi）的五本詩作，那邊還有阿朗尼（Taghi Arani）、笛卡兒、富蘭克林、康德、拉普拉斯（Laplace）、海格爾、司湯達（Stendhal）。他們都想瞭解事物的本質，探索宇宙的規律。杜蘭特（Will Durant）曾針對這些人說過：『哲學史本質上乃是描述偉人建立自然的道德懲罰，取代他們所破壞的超自然懲罰，透過這種方式防止社會的分裂。』

「偉大的思想家各以不同的方式試圖接近『絕對』的概念，他們的哲學概念促使各種哲學派別的興衰，如同宗教一般。在克服一切膽怯的阻力之後，主流概念最終出現在我們的生命之中——精確來說，是對某種最高智慧臣服的概念。最高智慧是在浩瀚無垠的宇宙裡，還是在每個人類靈魂的本質中，位置並不重要，重點在於臣服、崇拜的概念凌駕於萬物之上，然後進到個別的情形，成為對老師、對指導者、對儀式的臣服。書櫃上還有諾斯特拉達姆士的預言。他們所有人形成的哲學概念認為，人是一時的、有缺陷且微不足道的，必須學習很多事情。就是這種概念扭曲、摧毀了人類的靈魂，追隨這種概念的人不可能得到幸福。只要這種概念主宰人類的意識，世界上任何人都不可能幸福的。

「這種概念主宰著哲學家，以及從未接觸過哲學著作的人；這種概念主宰著剛出生的嬰兒，以及年老的人；這種概念甚至主宰了還在母親體內的胎兒。這種概念現在有很多追隨者，他們出生在不同年代，如今這些人的追隨者又在告訴人類社會，人類本質是多麼脆弱且微不足道。但是到此為止了！新的時代將要來臨，阿納絲塔夏傳達的神詔對我有如當頭棒喝。弗拉狄米爾，您把神的話記了下來，而且我都記得。亞當曾問神：『宇宙的盡頭在哪裡？要是我到了盡頭，那該怎麼辦？我什麼時候能填滿一切，將我的思想創造出來？』

「神在回答兒子的同時，也是在回答我們所有人：

『我的兒子，宇宙本身就是思想，從思想再生出夢想，而部分的夢想是看得到的實體。當你遇到一切的盡頭，你的思想就會找到新的開始而延續下去。到時將會無中生有，出現你的全新又美好的誕生，反映你的志向、靈魂和夢想。我的兒子，你是無限，你是永恆，在你裡頭，是你具創造力的夢想。』

「這個回答真是偉大，可以解釋一切、具有完整的哲理又簡明扼要啊！所有哲學定義加起來都比不上這個回答。弗拉狄米爾，您看我的書櫃上有這麼多書，卻少了那本比所有哲學著作還要珍貴無比的書。那本書很多人都看過，卻不是每個人都有機會讀到。這本書的語言無法研究，只能憑感覺體會。」

「那是什麼語言？」

「神的語言，弗拉狄米爾。您還記得嗎？阿納絲塔夏曾經談過這種語言：『雖然地球上個個民族都有很多意思不同的詞彙，還有這麼多的語言和方言，但有一個語言是大家共有的，就是神召喚世人的語言。它是由葉子的沙沙聲、鳥叫聲、海浪聲交織而成。神聖的語言也有氣味和顏色，祂透過這樣的語言，回應每個請求，以祈禱般的方式回應每個祈禱。』阿納絲塔夏可以感受並瞭解這種語言，那我們呢？我們怎麼會數個世紀以來，都沒有注意過這種語言呢？用邏輯想一想！客觀的邏輯告訴我們，如果是神創造了地球、我們周遭有生命力的大自然，那麼小草、樹木、雲朵、水和星星不是別的，一定是祂化為形體的思想啊。

「可是我們完全沒有注意過它們，反而踐踏、破壞、扭曲它們，還口口聲聲說著信仰。那算什麼信仰？我們實際上是在膜拜誰？『歷代的世俗領袖無論蓋了多少寺廟教堂，後人都只會記得他們留下來的汙穢。水是衡量一切的準則，而水每天越來越髒。』阿納絲塔夏曾說過這段話，這只有她這位最偉大的哲學家才說得出來，我們所有人都應該好好想一想。弗拉狄米爾，您想想看，我們創造的任何東西，即便是用來膜拜的，都只是一時的，宗教也是一樣。宗教來來去去，寺廟教堂和教義也會走入歷史，只有水和我們一樣，是創世以來便存在的，我們身體主要也是由水組成的。」

「尼可拉先生，您為什麼會認為阿納絲塔夏的定義是最正確的？」

「因為她的定義是從那本重要的書來的，弗拉狄米爾，而且當中的邏輯是哲學的邏輯。在這些定義之前，她還轉述了神的一句話。宇宙的所有元素問神：『祢這麼熱切，是在渴望什麼？』神回答了：『共同的創造及其深思帶給萬物的快樂。』

「就這麼簡單！也才不過幾個字！幾個字就能傳達神的志向與渴望，任何偉大的哲學家都無法做出更精確、更合適的定義了。阿納絲塔夏說過：『現實要由自己定義』，所以每個關愛子女的父母都要判斷：這是否並非他們真正想要的。在我們任何人之中——神的子女，有誰不想與自己的孩子共同創造，渴望其深思帶來的快樂呢？

「阿納絲塔夏的哲學定義具有至高的力量與智慧，對人類而言非常重要。這些定義見效了，使得一群預言末日的人試圖起身反抗，而且他們還會持續出現，絕對不是只有在信中咒罵阿納絲塔夏這麼簡單而已，還會有各種五花八門的方式。會有一堆思想狹隘的傳教士聚集信眾，對那些懶於獨立思考的信眾傳達似是而非的道理。

「阿納絲塔夏先前就對這些人說過：『喂，自稱人類心靈導師的你們！收起你們的激情吧！現在要讓大家知道：造物者一開始就給了每個人一切。我們只要不用陰暗的教條、因自身高傲產生的黑暗假想，去隱藏造物者偉大的創造。』他們就是會攻擊阿納絲塔夏的人，畢竟阿納絲塔夏毀了他們的概念，用自己的哲學概念終結了世界末日。我們現在也是如此，我們正在見證、參與最美好的成就……我們就要踏入新的千禧年，迎接新的現實世界。我們已經活在這個現實世界了。」

「等一下，尼可拉先生，我不明白您所說的現實和行動。假如有一兩個哲學家說了什麼，阿納絲塔夏也說了一樣的話，那這和現實與行動有何關係？就是幾句話而已。哲學家發表自己的見解，而生命照常春去秋來。」

「任何人類社會的生命，包括現在，都會受到哲學概念的影響。猶太人的哲學是一種生活方式，十字軍的哲學又是另一種。希特勒有自己的哲學，而我們在蘇聯時期也有自己的，革命不過是一種哲學概念取代另一種罷了。然而，這些都只侷限於某個地方，但是阿納絲塔夏建立的更為普世，影響了整個人類社會，以及當中的每一個人。她說過：『我要帶領人類穿越黑暗力量時光。』她確實辦到了，弗拉狄米爾。她為每個人搭起了跨越深淵的橋梁，每個人都可以選擇要不要過。

「我是個哲學家，弗拉狄米爾，我現在可以很清楚看到，還能感覺得到，她的哲學概念就像一道耀眼的光芒，為我們照亮新千禧年的入口。我們每個人時時刻刻，都是依照自己的哲學觀念做出行動。如果哲學觀念變了，行為也會隨著改變。就以我為例，我以前常常坐在書房，重複閱讀不同的哲學著作。我常會因為人類必然一死而感到惋惜，心想自己會被葬在何處，兒子會不會帶孫子來到我的墳前，還是孫子會嫌來探望爺爺很麻煩。我為全人類感到惋惜，思考著自己的死亡。之後阿納絲塔夏出現了，她的哲學概念完全不同，讓我的行為也有了改變。」

「您有哪些行為改變了，可以舉例嗎？」

「我馬上做給您看……我現在……我現在起床後，都會依照新的哲學概念行動。」

尼可拉雙手撐著桌子站了起來，一路扶著椅子和書櫃，拖著生病的雙腳，吃力地走向其中一座書櫃。他看著每本書背上的書名，把一本精裝版的書抽了出來，然後往壁爐的方向走去，一路上扶著房裡的不同家具。他走到壁爐前，把剛剛從櫃上拿下來的書丟進火裡，然後說：

「那是諾斯特拉達姆士的預言，內容都是大浩劫和世界末日。弗拉狄米爾，您還記得阿納絲塔夏說的話嗎？您一定要記得，她說：『諾斯特拉達姆士，你不是預知日期，你是用自己的思想編造可怕的地球災難，你讓很多人相信那會成真。你的思想仍在地球上空揮之不去，透過你絕望的預言讓人類陷入恐慌。』這果然只有最偉大的哲學家和思想家說得出來，她明白預言只不過是在模擬未來。只要有越多人相信世界末日，就會有越多的人類思想模擬這樣的未來，最後讓它成真。

「之所以會成真，是因為人類的思想是物質，可以創造出物質。世界各地的教派會化成灰燼，相信世界末日的也會化成灰燼，而相信未來的仍會活著。她起身迎戰絕望，摧毀世界末日的思想，並且宣告：『現在那不會成真了，讓你的思想與我一較高下吧。我是人！我是阿納絲塔夏，我比你強大。』她接著說：『地球所有的惡端，停止你們的所作所為，來我這邊試著與我拚博吧！』又說：『我將用我的光線在一瞬間燒毀數千年來的黑暗教條。』她隻身迎戰滿坑滿谷的敵人，面對成千上萬個模擬人類滅絕的人。她不想讓我們捲入其中，只希望我們可以幸福，所以才在對神祈禱時說了：

未來的世代都將活在祢的夢想裡。
就是要如此！這是我的心之所向！我是祢的女兒，
我無所不在的父親。

「她會如願以償的，因為她的哲學擁有極不平凡的力量。未來的世代必會活在神聖的夢想裡，生活在美好的天堂樂園。她不會讓任何人為了紀念她而分心。當人人明白真正的人性位在何處，就不會有人為她豎立紀念碑或紀念她。眾人會在神聖的狀態中獲得快樂，不會想起她。不過，眾多花園的花朵將會盛開，包括那朵名為『阿納絲塔夏』的美麗花朵。

「我現在雖然老了，但還是願意成為她的士兵。弗拉狄米爾，您剛說哲學只不過是幾句話，但是這些在遙遠泰加林中所說的話，在我的內心卻掀起了波瀾，您剛看的就是一個實際、具體的行動，在火中燃燒的不是人類，而是那些人類滅絕的預言。因此，相信世界末日的人才會徬徨不安，武裝起來對付阿納絲塔夏。她惹惱了那群將哲學建構在這種預言的人，他們用看似無可避免的世界末日嚇唬眾人。」

「難道在阿納絲塔夏之前，沒有人起身對抗世界末日嗎？」

「曾有一些膽怯而微不足道的嘗試，所以無人注意。從來沒有人像她那樣發聲，沒有任何人所說的話讓眾人如此敞開心胸、欣然接受。而且，從未有任何哲學概念如此吸引眾人，而她的哲學概念卻辦到了，戰勝歷史悠久的黑暗教條。

「她是怎麼辦到的，現在不是研究的時候。她的話中有種不平凡的節奏、偉大的邏輯，也許還有別的。也許……對！肯定沒錯！她曾說過：『造物者釋放某種新的能量！這種能量正以全新的方式告訴我們，有哪些是我們每天都能在周遭看到……』肯定沒錯，宇宙間出現了全新的能量，我們的世代開始有越來越多人擁有這種能量。事實上，推廣重要的哲學概念，少說也要幾十年，甚至幾百年，可是她只花了幾年的時間……太讓人震驚了！弗拉狄米爾，您認為她的話只不過是話語，但她的話擁有強大的力量，您看看我這雙手。」他舉起一隻手，看著手繼續說：「我的雙手即便老了，還是能實現她所說的話。世界末日在火中燒成灰燼，但是生命將會延續下去。我這雙手還能幫助生命延續下去——我這雙阿納絲塔夏土兵的手。」

尼可拉扶著家具，走到桌前拿起一瓶水，再單手扶著牆壁往窗邊走去，雖然吃力而緩慢，但仍是走到了窗邊。窗台上有一盆漂亮的花盆，裡頭有一株非常小的綠色幼苗，從土壤中探出頭來。

「您看，我的小雪松終於長出來了，我現在要用雙手替它澆水，把我心底的話化為形體。」

尼可拉側身靠著窗台，雙手拿著水瓶說：「親愛的，這水會不會太冷？」他想了一下，接著把水含在嘴裡一陣子，然後雙手撐著窗台，嘴裡吐出細細的水柱，澆在綠色幼苗周圍的土中。

我們在聊天時，佳琳娜也在書房。她總是會找事情做，讓自己待在書房，一會兒端茶進來，一會兒擦灰塵，同時又愛小聲地自言自語，評論自己聽到或看到的事物。尼可拉的這幾個動作，讓她更大聲地評論：

「這又是在做什麼？任何正常人都會這樣問的，老了還玩這種把戲啊。不想坐輪椅，就是在折磨那雙老腳，強迫它們走路。看來有人不知足啊，在家裡吃得飽、睡得暖，可是他還嫌不夠，還嫌不夠！」

我記得佳琳娜很擔心尼可拉的健康，所以希望我可以告誡他，只是我現在不明白要告誡什麼，所以問他：

「您在想什麼，尼可拉先生？」

他語帶激動又堅定地說：

「弗拉狄米爾，我有要事相求，求求您看在我老人家的份上答應我吧。」

「您說吧，如果我辦得到，一定幫您的。」

「我聽說您計劃召集一群想要興建生態聚落的人，設法為大家各爭取一公頃的土地建造祖傳家園。」

「沒錯，是有這樣的計畫。基金會已經寫了申請書寄給幾個地方政府，但現在土地配給的問題還沒解決。政府給了幾個家庭不大的土地，但我們必須至少找到一百五十戶，否則會無法興建基礎建設。」

「弗拉狄米爾，政府會配給土地的，一定會的。」

「這樣最好，不過您要我幫您什麼忙？」

「只要政府開始配給祖傳家園的土地，他們一定會在俄羅斯每個區域配給土地，到了那個時候，弗拉狄米爾，請您別拒絕我這個老人家，讓我也成為他們的一份子。我想在死前也蓋出自己的一小塊家園。」

尼可拉越來越激動，講話又快又急：

「這是為了自己，為了孩子和孫子。我在花盆中種了小雪松，希望能在自己的家園一角親手種下幼苗。我不會帶給任何人負擔，我會在一公頃的土地上自己打理一切，蓋一座花園、種出有生命的圍籬。我可以幫忙左鄰右舍，我有存一些錢款，現在也還有稿費可以領。我的兩個兒子……不管你們說什麼，他們肯定不會拒絕我的物質援助。我要在那裡為自己蓋個小屋，同時為鄰居的施工提供資金。」

「有好戲可看了。」佳琳娜這次開口又更大聲了，「也不自己想想，不能走路的人要怎麼蓋花園。他想去幫鄰居的忙？噢，真要叫正常人來聽聽……正常人會怎麼想？這棟房子是兒子蓋給他的，讓他可以住得開心，這得感謝他的兒子和神，但他就是不肯知足，老了還心心念念著這種事。正常人會怎麼想這種人？」

尼可拉聽到佳琳娜說的話，但是並沒有理會她，或者是假裝沒有聽到，繼續說：

「弗拉狄米爾，我知道別人可能會覺得我只是一時興起，但事實並非如此，我是經過深思熟慮後才做這個決定的。我的生活只是看起來很美好：別墅應有盡有，彷彿一座皇宮；我有一位管家，兒子也有不錯的社會地位。然而，在我知道阿納絲塔夏以前，我其實活得跟死人沒有兩樣。對，您沒聽錯，弗拉狄米爾。您想像一下，我在這裡住了五年，大半的時間都待在書房。沒有人需要我，我無法為任何人事物帶來影響，而我的兒子、我的孫子也會面臨這樣的命運，註定在活的時候體驗死亡。

「弗拉狄米爾，大家都認為停止呼吸的時候才是死亡，其實不然。當沒有人需要你，沒有任何事是因為你才得以繼續時，你就已經死了。

「附近有一些鄰居，都住在比較小的房子，但我在這裡沒有任何朋友。兒子還叫我不要跟鄰居講自己的名字，因為附近的人都很嫉妒，想知道這間如皇宮般的別墅是誰的。只要知道是誰的，他們就會在媒體上口沫橫飛地議論我哪來這麼多錢，不相信那是我辛辛苦苦賺來的。我此時坐在這裡，卻像被囚禁一般，與死亡沒有兩樣。我坐在這間書房，從沒上過二樓，也沒這個必要。我雖然寫了很多哲學的書，但在我知道阿納絲塔夏以後……讓我告訴您吧，弗拉狄米爾，千萬別以為我說的只是老人在異想天開，我要證明給您看，我所說的話不假。弗拉狄米爾，您知道嗎，神的審判正在此時此刻發生。」

「審判？在哪裡？怎麼發生的？為什麼沒有人知道？」

「弗拉狄米爾，您知道我們長久以來，都以為審判是某個可怕的至高存在，帶著可怕的護衛從天而降，而這個至高的存在會告訴每個人，什麼有罪、什麼無罪，然後決定每個人的懲罰，把受審的人送往地獄或天堂。我們對神的審判竟是如此粗陋的想像！但是神一點都不粗陋，祂不會這樣審判。祂給了人永世的自由，任何審判都是對人的暴力，剝奪了人的自由。」

「那您怎麼會說，神的審判正在此時此刻發生呢？」

「我再說一次：神的審判正在此時此刻發生，每個人都有機會審判自己。我明白阿納絲塔夏的用意，她的哲學、力量和邏輯正在加速這個過程。您想一想，弗拉狄米爾，會有很多人相信她，去實現美麗的神聖聚落。相信的人將活在天堂樂園，而不相信的人會留在原地，世界上的一切都是相對的。

「因為我們沒有機會去比較自己和別人的生活，所以才會覺得我們的生活還算過得去。但是只要我們和別人比較，只要不相信的人明白，就會發現自己其實身處地獄。有些人覺得自己生活幸福，是因為他們不知道自己有多麼不幸。神的審判正在此時此刻發生，只是這對我們來說很陌生。這不是只有我發現，新西伯利亞的心理學家在研究不同族群對阿納絲塔夏言論的反應後，也做了同樣的結論。我和她並不認識，只是在書中讀了她的言論，她和我說的非常類似。

「不同城市的人已經感受並瞭解到，目前發生的一切有如此偉大。葉里歐姆金教授在『眾人的書』選集的詩作中，也以絕妙的詩句描述阿納絲塔夏的現象。弗拉狄米爾，我這就將這首獻給阿納絲塔夏的詩唸給您聽：

在妳身上我看到了『人』，
或許在另一個世紀的結束，
在眾女神之間，我的後代，
將會是妳的化身。

「我把這些美麗的詩句背了下來。我希望我的後代能在眾女神之中生活，所以我要讓他們有這個機會，開始為他們建立美麗的家園。購買土地，一公頃以上也不是問題，重要的是周圍住了哪些人。正因為這樣，我才希望能與志同道合的人一起耕耘土地，為我的後代耕耘。他們一定會有人想住在那兒，我的兒子也會想來父親美麗的花園休息，遠離塵世的喧囂。現在他們很少來探望我，但等到我把花園蓋好，他們一定會來的。我會要求他們把我葬在這座花園。他們會來的……

「我雖然都在講孫子、兒子，但最重要的還是，我必須創造人類獨有的本質，否則的話……您知道嗎，弗拉狄米爾……我在一夕間獲得生存及行動的渴望，我做得到，我會成為阿納絲塔夏帶領的士兵。」

「你在這裡也可以活得很好啊，為什麼不在這裡安安靜靜地過生活？」佳琳娜出聲。

尼可拉這次決定回答她，轉過頭對她說：

「我瞭解您的擔憂，佳琳娜太太，您怕會失去工作和容身之處。請您不要擔心，我會幫您在附近蓋一間小屋，您會有自己的房子和土地。您還會結婚，找到適合您的另一半。」

佳琳娜突然挺直身子，把白色抹布丟在邊桌上。她之前都在假裝擦那張桌子，藉故聽我們講話。她把雙手插在圓滾滾的腰上，看起來想說什麼，卻又說不出口，彷彿因為激動而無法喘息。她用盡力氣，低聲地說：

「我大概也不想和你這樣的鄰居住在附近……房子我可以自己蓋，等我有土地的時候。我小時候還幫過爸爸蓋過小木屋咧，而且我存了不少錢。還有，這裡的工作也不怎麼樣，我到底是為了誰每天掃樓梯啊？根本不會有人上去，害我掃得跟笨蛋似的。如果鄰居腦子不清楚，我才不想跟他們住在隔壁咧。」

佳琳娜猛然一個轉身，快步走回自己的房間，但過沒多久，她的房門又開了。她雙手各拿一個花盆，裡頭的綠苗和尼可拉漂亮花盆裡的一樣。她走到窗邊，把花盆放在窗台上，然後回房拿了一個大籃子，裡面裝了很多用布打成的小結。她把籃子放在尼可拉的腳邊，對他說：

「這些是種子，真正的種子，是我整個秋天和夏天親自到森林裡撿的，各種真正藥草的種子。那些灑在田裡要給藥局賣的才沒有這種力量。你要親手把種子灑在你的地上，等它們長大了，就可以在冬天裡泡來喝，改善健康、恢復體力。而且你的小雪松太孤單了，這樣它才不會孤伶伶的，現在有朋友和兄弟了。」佳琳娜指著現在擺有三盆幼苗的窗台，然後緩緩地走向門口，邊走邊說：「再見，兩位哲學家。你們可能懂了死的哲學，但生的哲學，你們要學的還可多的。」

任誰都看得出來，一定是某些話激怒了佳琳娜，讓她想一走了之。尼可拉跨出了一步想追她，身子卻開始搖晃，因為他沒有扶任何東西。他搖搖晃晃地試著把手靠在椅背上，椅子卻倒了下來。他的身子搖晃地厲害，雙手想找東西扶著。我趕緊起身想扶他一把，但是慢了一步。已經走到門口的佳琳娜，一聽到椅子倒下的聲音便立刻轉身，並在看到搖搖晃晃的尼可拉後，以迅雷不及掩耳的速度衝到他身旁，用強而有力的雙手及時抓住了因雙腿無力而跌向地面的老人家，把他靠往自己豐滿的胸部。她接著空出一隻手，把尼可拉的雙腿抱了起來，像小孩般把他抱到輪椅上坐著，然後拿了一條方格毛毯，一邊蓋住他的腳，一邊說：

「阿納絲塔夏有你一個這麼弱的士兵啊！你不是什麼士兵，只不過是個還沒受訓的菜鳥。」

尼可拉這時握住佳琳娜的手，專注地看著坐在他腳邊的女人，第一次用「妳」稱呼她：

「請妳原諒我，親愛的佳琳娜，我以為妳在嘲笑我的願望，但是妳……」

「我在嘲笑你？我瘋了不成？」佳琳娜立刻插話，「我每天晚上都很認真地在想，要怎麼種真正有療效的藥草、怎麼用給我『矯健的雄鷹』喝、怎麼幫他恢復力氣。我要用新鮮的蔬菜煮真正的湯給他喝，沒有任何化學的味道；我要給他喝新鮮的牛奶，不是什麼加工後的牛奶。而且只要我『矯健的雄鷹』站得起來，或許我還會幫他生個小孩。我完全沒有嘲笑你，我說那些話，只是想看看你有多堅定，會不會中途改變心意。」

「我很堅定，佳琳娜，不會改變主意的。」

「那如果真的是這樣，如果真的是這樣，就別把我趕去旁邊住，別預測我會有其他男人。」

「我沒有趕妳，親愛的佳琳娜，我只是沒想到，妳允諾待在我身邊，但不是只在這間豪華別墅裡。我很開心妳有這樣的願望，親愛的佳琳娜，真的非常謝謝妳，我只是沒想到……」

「有什麼好想不到的？有哪個女人會離開像你這麼堅定的士兵？我讀過阿納絲塔夏的故事，我讀過……雖然讀得很慢，要一個字一個字讀，但還是馬上就明白了：現在我們所有的女人都要成為像阿納絲塔夏那樣，所以我才決定當你的小小阿納絲塔夏。我們所有女人都要成為至少一點點像阿納絲塔夏那樣。她現在的士兵還不是很多，都是些還沒受訓而不堪一擊的菜鳥。我們女人要讓他們變強，我們要站出來。」

「謝謝妳，佳琳娜。所以說，佳琳娜太太您有讀過……而且晚上都在思考？」

「讀了，阿納絲塔夏所有的書我都讀了，而且晚上都在思考。只是請你別再把我當成陌生人，我從以前就想請你叫我佳琳娜就好。」

「好的，佳琳娜，不過我很好奇您剛剛說的氣話，非常好奇。您說『你們可能懂了死的哲學，但生的哲學，你們要學的還可多的。』多麼簡明扼要的定義啊，涵蓋兩個相對的哲學方向。非常精準的定義——死的哲學和生的哲學，太厲害了！阿納絲塔夏是生的哲學，沒錯！一定是這樣，太棒了！」

尼可拉興奮地輕撫佳琳娜的手，口中喊道：「您是哲學家，佳琳娜，我居然沒有想到！」

然後他對著我說：

「我們一定還有很多需要理解，無論是從哲學的觀點，還是藉助神祕學的定義。我試著將阿納絲塔夏視為一般人——一個我們所有人都應該成為的人。但她有一些無法解釋的能力，實在讓我們難以將她視為像我們一樣的人。

「弗拉狄米爾，您寫過一段故事，說她曾經拯救遠距離外一群飽受折磨的人。她是救了他們沒錯，但如果您還記得的話，她自己也失去了意識、臉色發白，周圍的小草也跟著變白。是什麼樣的機制，讓她臉色蒼白，小草也變成白色？我從沒遇過類似的情形，問了神祕學者也不知所以然。沒有任何哲學家、物理學家或神祕學者知道這種現象。」

「怎麼會不知道？」坐在教授腳邊的佳琳娜打斷了我們，「就是要把它們的眼睛挖出來啊，這還需要思考嗎？」

「挖誰的眼睛，佳琳娜？您對這個現象有什麼看法嗎？」尼可拉驚訝地問她。

佳琳娜一副準備好回答的樣子：

「這道理還不夠明顯嗎？人只要受到妖魔鬼怪的攻擊，碰上什麼惡毒的消息或威脅，或是聽見惡意的咒罵，都會臉色發白。沒錯，就是臉色發白。如果不反擊回去，在內心燃燒對方的惡意，自己承受、燃燒，這時就會臉色發白，生活中有很多這樣的例子。阿納絲塔夏也是在內心燃燒著這些妖魔鬼怪，小草也因為想要幫她而變白。所以我才覺得要把所有妖魔鬼怪的眼睛挖出來。」

「是啊，是真的，很多人都會臉色發白。」尼可拉驚訝地說，眼睛直視著佳琳娜，然後繼續說：「畢竟如果不反擊別人的敵意，試著在內心默默承受，也就是在內心燒毀惡意，人的臉色真的會發白。沒錯！就是這麼簡單。阿納絲塔夏在內心燒毀朝她而來的侵略能量，如果反擊回去了，它並不會在空間中消散，反而會轉往其他目標。阿納絲塔夏不想讓任何人成為目標。朝她而去的惡意很多，幾世紀下來累積不少，現在又有死亡哲學的信徒對她產生惡意。還有誰可以抵擋這樣的猛攻？誰？撐下去啊，阿納絲塔夏！撐下去啊，偉大的鬥士！」

「她一定可以的，我們現在要幫助她。我已經開始在市場上送書，而且讀過的婦女開始會聚在街角討論。我給了她們雪松的種子，讓她們種在土裡，我還分享了有關藥草的知識。她們說：『我們要做點什麼！我們當然不會聽街角那人說的話，說什麼要去打男人。但我們應該想想要和誰生孩子。』」

「這是真的嗎，佳琳娜？」尼可拉驚訝地說，「妳們已經有自己的行動小組了？」

「才沒有，什麼行動小組啊？我們只是聚在角落，聊些生活中的瑣事而已。」

「那怎麼會有打男人的想法？有什麼論點支持嗎？」

「什麼論點？這還需要論點嗎？男人要我們生小孩，我們就生，可是小孩卻沒有像樣的家。如果沒辦法築一個巢，要我們生小孩幹嘛？如果看到孩子成天心神不寧、難受的樣子，有哪個女人會滿意她的男人的？有位老師找過我們兩次，她說有某種心理因素讓男人不相信自己，他們就只會等著國外的基金會貸款給他們。她說這叫症候群、缺乏自信，而這種心理症候群會想出一堆藉口，讓男人不想築一個巢。

「老師還跟我們說，這個貸款必須在幾年內還清，應該是二十年或三十年吧，我也不記得了，我只記得還的會比當初借的還多。所以男人現在才要把自己的孩子賣掉嗎？」

「佳琳娜，妳為什麼會做這種比喻？」

「什麼『為什麼』？現在的男人遊手好閒，四處借錢，但是誰要還這些錢？是現在還小的孩子，還有尚未出生的孩子要還，而且孩子還的必須比借的多！有些女人開始看清未來會有這樣的發展，就為了孩子發狠起來，想往男人的臉上揍。但是我覺得，我們不必等待別人的幫助，現在是時候開始幫助那些可憐的男人了。

「我有一次吃到國外的香腸，這讓我的內心一直哭泣。我多想把烏克蘭的燻肉送給做那條香腸的人，還有我們自製的香腸。我的老天爺啊！那些國家的人已經不知道香腸應該是什麼味道，所以不能向這些人借錢，這些錢不好，完全沒有好處，只會帶來傷害。我說的打男人，那只是某個女的說要打所有男人，但是其他人沒有同意。要同意什麼？說不定會連他們最後的智商都給打掉了。那群女人彼此訴苦，說男人為她們帶來怎樣不幸的生活，但我很驕傲地說，我的男人開竅了，開始築巢了！」

「妳的男人？他是誰？」

「什麼誰？我就是在說你——你是怎麼種雪松的、你是怎麼要我幫你買尺規畫板的。你看，就在那張桌子上。」佳琳娜指著書桌旁的繪圖桌，「我告訴她們，你是如何問我一公頃土地的周圍應該種哪些樹，然後坐在桌前畫出美麗的聚落，讓善良的人在裡面生活。畫紙的空間不夠畫，你還要我買更大的給你，還有畫板和尺規。

「我把這些都告訴了她們，然後我們一起去挑了那塊畫板。我們選了最大最好的畫板，當然也不便宜，不過她們說：『不要吝嗇，佳琳娜。』她們幫了我，我也看到她們嫉妒的眼神。那群三姑六婆嫉妒我的孩子可以在美麗的花園、在祖傳的土地上出生，生活在善良的人之中。但是我沒有因為她們的嫉妒而生氣，畢竟大家都想要幸福。她們合買了一台相機給我，請我把你的畫拍下來。我拿了相機後，她們教我怎麼按快門、要看哪邊拍照，只是我一直沒有勇氣問你可不可以拍，所以從來沒有按過快門。」

「妳做得沒錯，佳琳娜，沒有擅自拍我畫的設計。我在完成後或許會出版，當作未來聚落的一個方案。」

「那還要很久才會完成，可是她們現在就等不及想看璀璨美好的未來，就算只有一眼也好。你都在大畫紙上畫出漂亮的圖了。」

「為什麼妳會覺得要很久的時間？一切都幾乎準備好出版了：有草稿，也有色稿了。」

「所以我才說你都有漂亮的圖了，只是不能出版給別人用，但我可以給我認識的那些女的看，我會再解釋有些地方畫得不對。」

尼可拉迅速地把輪椅推到繪圖桌，我跟了上去。桌上有幾張紙用色筆畫了未來聚落的幾塊土地，有房子、花園、不同樹木種出來的活圍籬，還有池塘……整體來看，一切都配置得很好，很漂亮。

「妳在哪裡看到有錯或不精確的地方？」佳琳娜跟過來時，尼可拉問她。

「你沒有畫太陽。只要畫出太陽，就得畫出陰影。畫出陰影後，你就會知道，不能在日出的方向種大樹，不然菜園會照不到太陽，所以要種在另一邊。」

「真的嗎？或許妳說得對……妳應該早點告訴我的，不過這只是草稿……話說回來，佳琳娜，妳剛說要生小孩嗎？」

「沒錯。你現在就繼續做你的運動，等到你在自己的祖傳土地上站起身來，你就會爬出這座墓穴。我會拿在你的祖傳土地所種的食物給你吃，餵你喝有療效的茶。當春天來臨時，你會看見祖傳土地上的一切充滿活力、百花盛開，你會感受到自己恢復力氣，而那就是我生小孩的時候。」

佳琳娜坐回地毯上，靠近尼可拉的腳邊，雙手貼著老哲學教授放在輪椅扶手上的手。佳琳娜雖然不年輕了，但她健康有力，而且豐滿，看起來還算柔媚、漂亮。他們的對話越來越和善，彷彿沉浸在某種生的哲學之中。不知所措的我站起身來，覺得自己好像第三者，所以決定插話：

「我該走了，尼可拉先生，我怕會趕不上飛機。」

「我幫你準備派，一下就好。」佳琳娜站起身來，「再給你一些果醬，讓你在路上吃。等我一下，我載你回去。」

尼可拉緩緩地從輪椅上起身，一手撐著桌子，另一手與我握手道別。他把我的手握得很緊，已經不像是老人的力氣了。

「替我向阿納絲塔夏行個禮，弗拉狄米爾。請告訴她，生的哲學必定會在世上獲勝。謝謝她！」

「一定幫您轉達。」

19 是誰在控制巧合？

自從描寫阿納絲塔夏的書出版後，不少學者寫了有關「阿納絲塔夏現象」的文章，其中很多篇也提到了我本人。我聽到或讀到對我不好的評價時，雖然會感到沮喪，但通常不會持續太久，影響個一兩天，頂多一個星期，內心受到波動，但很快就忘了。可是這一次……

在莫斯科的某次會談中，有位讀者把一捲錄音帶轉交給我。他說內容是某位「阿納絲塔夏現象」研究小組的主持人，在一場科學研討會所做的報告。

幾天後，我聽了那捲錄音帶，內容我從沒聽過。在我意會到自己聽了什麼後，我的生活不僅亂了步調，甚至連整個生命都因此毀了。毀了我的生命，特別是我的自尊心。我在聽那捲錄音帶之前，本來還打算去泰加林找阿納絲塔夏和兒子，但在我聽完之後，就決定不去西伯利亞了。以下是我聽到的錄音帶內容（我稍微簡化了一下）：

各位親愛的同仁，我要向大家報告我們研究小組的一些結論和推論，這個由我主持的研究小組，對一個名為「阿納絲塔夏」的現象已經研究三年多了。

在這次的報告中，我會使用「阿納絲塔夏」這個詞彙，不只是為了解釋起來比較方便，還是因為我們研究的現象本身就叫「阿納絲塔夏」。這並不表示我們往後就不能給這個詞更具體、更典型的學術定義，但現在要做到這點非常困難，因為我相信我們在討論的，是超出傳統學術框架，甚至是在整個現代科學之外的。首先，我們先訂出三個研究方向：作者米格烈在書中描寫的事件真實與否、米格烈的作品本身，以及大眾對米格烈作品的反應。

在研究開始的頭六個月後，我們發現書中事件的真偽其實並不重要，大部分讀者在接觸米格烈作品後的巨大情緒反應，與書中事件的真偽毫無關聯，他們的反應另有截然不同的成因。儘管如此，我們在投入時間、資金和學術人力後，還是發現一項我認為相當有趣的結論：這個現象正是希望每個人，包括社會學家和整個學術圈，去懷疑阿納絲塔夏的存在與否。

正是因為「存不存在」這個受到熱烈討論的話題，讓這個現象得以暢行無阻地滲透當今社會的每個階層。如果否定阿納絲塔夏的存在，其實就是抵銷掉對她意圖的反對力量。如果她不存在，自然沒有研究的對象，也沒有什麼好反對的。相反地，正是因為阿納絲塔夏的言論引起了社會迴響，所以才有研究的必要性，必須確定她的重要性和智能。

至於書中事件的真實與否，可以歸納出以下幾點：

作者在描述發生的事件時，不僅是用自己的本名，也沒有掩飾事件相關的人物，沒有更改他們的姓名、發生的地點，以及一些不光彩的事。舉例來說，米格烈在第一本書中一五一十地描寫，自己在某次航行遊輪時，曾在船長面前與三位上船參觀的鄉下女孩調情。船員也證實，那天晚上的確有個沉默寡言、包著頭巾的年輕女子。米格烈帶著那位女子參觀輪船，與她獨處了一陣子。根據書中的內容，我們知道這是西伯利亞隱士阿納絲塔夏第一次出現在米格烈的商隊輪船上，那是企業家弗拉狄米爾．米格烈和西伯利亞隱士阿納絲塔夏的初次見面、第一次對話。

書中依序描寫的許多事件，已有很多的目擊者和資料證實。不僅如此，有些比較不尋常的事情，雖然米格烈在書中無意間或故意沒有提到，也都浮現了出來，例如有一件事就值得一提：米格烈曾在新西伯利亞的一間醫院待過，他的就醫紀錄詳列他的病歷、分析報告、慢性病，還有病情突然好轉的紀錄。

我們已經確定，他的病情突然好轉，是發生在醫生使用某個陌生女子帶來醫院的雪松油之後。

我不否認，我們在極力調查書中事件的真實與否，並在有機會取得偵查紀錄時，其實是可以藉此證實或反對很多事情的，但是我們卻在中途停了下來，因為我們看到米格烈的書居然在我們的社會中，引起這麼巨大而不尋常的迴響，或者更應該說，是書中阿納絲塔夏的話所引起的。大部分的人並不在乎米格烈親密關係的細節，而是期待阿納絲塔夏的獨白。

我們在研究社會迴響的初期，特別是近期所看到的一些行動，就已經能明確指出：這個自稱阿納絲塔夏的「某個存在」，顯然對當今社會發揮了一定的影響力。

她的影響層面至今仍在擴大，而我們得把注意力放在聽起來最不可思議的結論上，試著理解並展開研究。「阿納絲塔夏現象」非常可能擁有超出我們意識及理解範圍之外的力量或潛能。

在米格烈第一本書的〈穿越黑暗力量時光〉中，這個現象不僅預言了這本書的問世，還說明她會如何或透過哪種方式抓住人的心智、意識。阿納絲塔夏在獨白時，說自己已從不同時代蒐集到宇宙中最好的聲音組合，而這些組合將對人類產生正面的影響。她相信要辦到這點很簡單：「你可以看到，這只是將永恆的深邃、宇宙的無窮，轉譯成意義、內涵與目的精確的符號組合。」

我們所有的研究人員對此看法一致：這段話是編造出來的。這樣的推論是根據一個我們認為合乎邏輯且毫無疑問的結論，那就是即使書中真的有一些特殊的組合，但那並無法對讀者產生影響，因為沒有任何樂器可以重現這些組合。書本身不會發出聲音，所以無法讓我們聽到阿納絲塔夏所蒐集的「宇宙聲音」。

然而，阿納絲塔夏後來又給了一個回答：「對，書的確不會出聲，卻可以是種樂譜。讀者在心中不自覺地讀出聲音，讓隱藏在文字底下的組合，能在內心響起原始又不失真的共鳴，帶來真理和療癒的效果。沒有任何的人造樂器能夠製造出靈魂響起的聲音。」

米格烈自己在第三本書《愛的空間》中，提到阿納絲塔夏與幾位科學家的這段對話，但是他不知為何把這段對話簡化了。或者，如果我們假設現象本身參與了書的問世，那就有可能是它刻意省略了阿納絲塔夏後來對科學家的回答。為什麼？也許是要讓不相信的人無法行動？事實上，阿納絲塔夏的言論固然難以置信，卻有事實可以證明。我接著就告訴各位，阿納絲塔夏與科學家後續的對話。反對的人堅信，人類的內心不會出現非發音器官的聲音，這在任何時候或任何地方都不會發生，而阿納絲塔夏給了這樣的回答：

「已經發生了，我還可以舉例給您聽。」

「但例子必須是大家耳熟能詳的。」

「好，貝多芬。」

「他怎麼樣？」

「《快樂頌》，貝多芬為第九號交響曲所取的名字，寫給管弦樂團和大型合唱團演出。」

「好，但這要怎麼替您證明，讀者的內心可以出現聲音，而且沒有人聽過？」

「讀者內心出現的聲音只有讀者自己聽得到。」

「您看吧！只有自己聽得到，那就表示您沒有證據，貝多芬交響曲的例子沒有說服力。」

「貝多芬在寫第九號交響曲《快樂頌》時已經失聰了。」阿納絲塔夏回答。

貝多芬的傳記可以證明這點。不僅如此，這位失聰的作曲家還在交響曲的首次演出時擔任指揮。

在知道這個歷史事證後，阿納絲塔夏接下來的話不再令人起疑，她說道：「任何文本的一字一句，在唸出來後都會成為聲音。每頁文字都可比做樂譜，問題只在於誰有能力、用什麼方式安排這些字母或音符，結果會是偉大的交響樂，還是靡靡之音？此外還有一個問題，每個人都有足夠成熟的樂器，在內心再現完整的管弦樂編曲嗎？」

我們小組的研究人員隨後得出這樣的結論：「阿納絲塔夏曾說過爆炸的衍生物、以創造真空來移動的方法、淨化空氣、農業技術、雪松油對多種疾病的治療價值、人類產生的思想能量等等，這些才是科學界最要探討的問題。」

在做出這個結論時，我們並未聲稱我們是第一個發現的。新西伯利亞的學者與我們同時，甚至比我們早一點得出這個結論，從新西伯利亞學會主席斯佩蘭斯基的報告就能知道這點。新西伯利亞心理學家朱琪可娃在發表的論文〈相信會帶來更多好處〉中，以自己的社會學研究為基礎做了以下結論：

「人對阿納絲塔夏本身的態度，與是否受過高等教育或擁有文憑無關，絕大部分乃是取決於人的個性、價值觀階層、意識和潛意識立場，意即人格特質及其所有要素；取決於這個人希不希望阿納絲塔夏是真的；取決於這個人的意識有多開放，是否可以接受超乎常理的驚人事物。我們會看到什麼、用什麼方式看到，取決於我們這個時代的特色，那跟我們的自我認知程度相呼應。」

新西伯利亞學者的研究也許遠遠超過我們，但是國家科學院的西伯利亞分院不願補助他們。我們的研究小組已經受到委託，也就是得到了一定的補助，現在可以很有自信且有證據地點出以下事實：「我們文明碰到了一個從前無法研究，以致現在沒有科學定義的現象，研究必須容納多個現代科學領域，特別是物理學、心理學和神祕學。在『阿納絲塔夏現象』的影響下，現代社會發生的過程是顯而易見而真實的。所以，我們不能，也沒有權利對這些過程視而不見。」

米格烈在書中描寫的一些事件乍看之下彷彿虛構，我們也曾以懷疑的眼光看待這些事件。然而，接下來在作者身上發生的事情雖然沒有寫在書中，卻更讓人感到不可思議。但這些事情的確發生了，所以我們不得不做出一些連我們都很難相信的結論。

其中一個結論就是：沒有弗拉狄米爾．米格烈這個人，所以沒有必要研究他的生平，企圖為發生的事情找出合理的解釋。

這個看似難以置信的結論，事實上卻可以消除所有的疑慮，解釋這一連串不可思議的事情，也就是說，這個再一般不過的西伯利亞企業家，究竟是如何在一夕之間獲得寫書的能力？而且現在不只一本，是整個系列都成了俄國數一數二的暢銷作品。媒體為此提出了一些解釋，但在細究之下，都沒有什麼根據，例如「破產的企業家決定靠著文學創作拯救事業」，但是我們有這麼多企業家破產，卻沒有任何人成為知名作家。

「他成功想出聳動的劇情」，但是這裡的劇情一點都不聳動。一些專寫神祕現象的刊物每週都有聳動的題材，描寫神奇治療師、飛碟和外星人等異常現象，但是幾乎沒在大眾之間引起迴響，何況這些題材都是專業的記者和作家所寫的。

「米格烈的書有強力炒作」，但事實完全相反，現在反而是很多作品想藉米格烈的書炒作。我們清楚知道，前三本書其實根本就沒有在書店上架，甚至不是透過擁有銷售通路的出版商發行，而是完全沒有經營書籍銷售的莫斯科十一號印刷廠，但還是有人排隊購買米格烈的書，甚至有批發商在出版前就先預購了。

根據多位書商的看法，米格烈作品的熱銷程度有違出版業的常理，打破了專家對消費者需求的預測。

所以呢？弗拉狄米爾．米格烈是在一夕之間變成天才的嗎？沒有這回事。我再說一次，弗拉狄米爾．米格烈──西伯利亞知名的企業家，今天根本不存在。只要仔細閱讀阿納絲塔夏所說的話，便可發現這個結論從第一本書就有證據了。我們回想一下她對弗拉狄米爾說了些什麼：

「你會單憑感覺、憑你的內心寫出這本書。你別無他法，因為你沒有寫作技巧。然而，只要憑感覺，你可以做到任何事。這些感覺已經在你體內了，包括我的和你的。」

仔細想想阿納絲塔夏的最後一句話：「這些感覺已經在你體內了，包括我的和你的」。由此可知，弗拉狄米爾．米格烈所感受到的世界觀，已經融入了阿納絲塔夏所感知的世界觀。我們無需再去探究為什麼會這樣，以及這一切是如何發生的，我們就接受它是事實，再依照邏輯做出以下結論：「如果某個已知的量加上另一個，會產生第三個獨立的量」。

因此，官方文件記載的出生日期不是現在這個米格烈的生日，而應記為一九九四年米格烈與阿納絲塔夏見面的那一天。

雖然這位新生的人與「前」米格烈的外表一模一樣，但兩者明顯存在巨大差異，包括文學創作的能力、吸引聽眾聆聽五個小時以上的能力。這在他到克拉斯諾達爾邊疆區，參加格連吉克的兩場讀者見面會時都有人見證過，而且類似事實還可以在許多中央期刊中找到。

許多分析家和記者都執著於書中的描寫，比較並研究與弗拉狄米爾活動有關的事件，同時在無意中，或者公開而帶有敵意地企圖做出「這不可能」的結論。

各位親愛的同仁，我有充分的理由認為，接下來的幾段對話一定會讓你們相信，這樣的執著只是一種防衛機制，出現在那些意識、理智都無法理解事件本質的人之中。

弗拉狄米爾·米格烈本人，或者說他「自我」的一部分，其實更無法理解發生在他身上的事情，純粹是他漸漸習慣了，才開始把極不可能的現象當作稀鬆平常或合理的事情來看待，這樣才不致於讓他自己陷入精神崩潰。我認為他和很多讀者一樣，都沒有特別注意到，在第一本書中，阿納絲塔夏在泰加林第一次與他見面時所說過的話。弗拉狄米爾．米格烈當時就反駁：「我不會寫的，連想都不會去想。」阿納絲塔夏卻回答：「你會寫的，**它們**已經構成一整個系統讓你不得不寫。」

這段對話早在第一本書裡就出現了，可是米格烈在之後的幾本書中，都沒試著回到這個問題：這個神祕的**它們**到底是誰？我們同仁在得到具體的資料後，又更仔細地研究了第一本書的對話，找出書中每個提到這個**它們**的地方。接著，我就用阿納絲塔夏的話，把這些地方唸給各位聽：

「要不是因為**它們**，還有一點點因為我，你的第二次商旅不可能成行。」

「我想要你被淨化，所以我那時才想出到聖地朝聖和寫書的主意。**它們**接受了，而總是在和**它們**對抗的黑暗力量，從來就無法在最重要的關頭獲勝。」

「我的計畫和覺察很精準、貼近真實，**它們**接受了。」

「**它們**只聽上帝的。」

根據阿納絲塔夏的這些話，可以做出以下結論：某些無法確認的力量把米格烈的各種生活狀況構成一個系統，使得他不得不照著這設定好的系統去行動。如果真是這樣，那麼米格烈這個人在書中的作用等於零，或者頂多微乎其微。所有的事情只是透過這個看似由各種人生巧合構成的系統，放在碟子上呈現給他而已，完全吞噬了過去這個叫做米格烈的人。

我們認為，如果可以舉出米格烈某些異常的行為，更精確來說，如果可以確定這個由所謂的巧合所構成的體系確實存在，便足以證明或反駁：發生在泰加林中的事情真偽；對於書籍出版後在社會所引起的迴響、米格烈這個人的參與程度有多少；以及是否真的存在某種力量，可以創造出影響人類命運的巧合。

在米格烈表現出來的行為之中，我們探究最仔細的是他一九九九年六月在賽普勒斯的行為，我們每一個細節都沒有放過。當時他正在寫第四本書《共同的創造》，更確切來說，他將阿納絲塔夏敘述地球與人類創造的話記錄下來後，自己也思考其中的意義。我們在賽普勒斯所看到的事情，用「什麼啊？」就能簡短地總結。接下來，我就把一些事情告訴各位。

一九九九年五月底，弗拉狄米爾·米格烈搭乘泛航航空抵達賽普勒斯。他不是跟著旅行團，他在賽普勒斯沒有認識的人，也不會講當地的任何語言。賽普勒斯負責接待的

「列普托斯旅行社」，為這位俄羅斯來的散客安排了一間小飯店的二樓單人房。房間外有陽台，可以看到很大的泳池。泳池周圍有很多房客在休息、玩樂，他們大多來自德國和英國。

幫忙弗拉狄米爾．米格烈安排出國的俄國旅行社，特別告訴列普托斯旅行社的經理，米格烈在俄國是一位作家。不過，列普托斯旅行社，一家賽普勒斯的大型旅行社，早就習慣接待世界知名的人物，所以這不是什麼了不起的消息。對他們而言，米格烈只是一般的遊客。儘管如此，在他抵達的第二天，旅行社負責管理俄國旅遊市場的資深經理仍前來拜訪，準備帶他去看一看市區和旅行社開發的社區。他們還帶了列普托斯旅行社的一位俄文口譯隨行，而我們也訪問了這位名叫瑪琳娜．帕夫洛娃的口譯。親愛的同仁，接著我就和各位分享這段訪問的內容：

「我陪著列普托斯旅行社的經理尼克斯和米格烈，幫忙他們翻譯對話。米格烈和大多數來賽普勒斯旅遊的俄羅斯人不一樣，他的個性從不妥協，幾乎到了不講情面的地步。比方有一次，我們爬到山頂，眼前就是壯麗的海景和帕弗斯城。尼克斯這時說了一句常見的感想：『您看，四周的景色真美、真壯觀！』我把這句話翻出來後，米格烈卻回答說：『這片景色真是讓人難受，天氣這麼溫暖……還有大海……植物卻都枯了，只有零星的幾片灌木叢，完全不是這種氣候該有的樣子。』

「尼克斯開始解釋：『這裡曾有一大片雪松林，但自從羅馬人佔領以後，他們不斷伐樹造船。除此之外，島上也很少下雨。』

「米格烈對此表示：『羅馬人佔領是好幾世紀以前的事，從那個時候到現在應該可以長出新的森林，就是你們沒有人去種。』

「尼克斯試著解釋島上很少下雨，甚至連飲用水都是來自特別的水庫，但米格烈的回答很尖銳：『之所以沒有水，正是因為沒有森林，雲直接從島上飄過。如果有森林的話，就可以減緩低空氣流的速度，進而減緩高空的雲層，島上就會更常下雨。我認為這裡之所以不種森林，是因為你們想要開發所有土地。』

「他在說完這段話後，轉過頭便陷入沉思，而我們也無言以對。當時一陣令人難受的沉默，大家都不知道該說什麼。

「隔天，我們在一家咖啡廳用餐，尼克斯問米格烈要怎麼讓他的旅程更舒適，他的回答很嚴肅：『島上應該多講俄文；餐廳應該供應一般的魚，而不是什麼鯉魚；飯店房間應該安靜一點，我寧願周遭是樹林圍繞，不需要飯店員工假惺惺的笑容。』

「不久後，列普托斯旅行社的老闆親自去找米格烈。我也不清楚事情的原委，旅行社的老闆從來不會和遊客見面，甚至很多員工都沒看過他本人。我在他們會面時充當翻譯，但就算是在這種會面，米格烈也不諱言地說，公司必須變更開發社區的佈局規畫，每塊土地不應小於一公頃，要供人種樹並照顧樹木，這樣整座島才能煥然一新。如果不這樣做的話，這座島再過不久就會無法吸引觀光客，旅行社的生意也會一落千丈。

「旅行社老闆沉默了一會兒，接著開始很有自信地介紹島上的古蹟，包括其中最受歡迎的景點之一——阿芙蘿黛蒂女神浴池。他最後還請米格烈自行提出要求，好讓他們提供更舒適的行程。這位列普托斯旅行社的老闆也許可以滿足多數西方百萬富翁的要求，可是米格烈的回答卻在他的意料之外，聽起來像是在嘲諷或取笑。米格烈一臉嚴肅地回答：『我需要見阿芙蘿黛蒂女神的孫女。』

「我試著用開玩笑的語氣翻這句話，但是沒有人笑，大家都對這個唐突的回答啞口無言了一陣子。

「後來，在米格烈下榻的飯店裡，員工一聽說這個行徑怪異的俄國遊客，便嘲笑起他來。尼克斯在某次聊天時，也跟我說米格烈的行為怪異。

「尼克斯和我每天早上都會到飯店處理行政事務，他每次都會笑著問櫃檯人員：阿芙蘿黛蒂女神的孫女有來飯店嗎？櫃檯人員也會笑著回答他，說她還沒來，不過隨時都有房間給她住。

「米格烈顯然感受到飯店員工對他嘲笑的眼光，他每晚從房間走下來到酒吧或早上吃早餐時，都有這樣的感受。我覺得他一定很難受，而我身為一個俄國人，看到自己的同胞遭人嘲笑，也感到十分難受，可是我卻無能為力。

「隔天是米格烈待在賽普勒斯的最後一天，我和尼克斯如常在早上去了飯店，他想和米格烈道別。他用他一貫的玩笑話問櫃檯人員，可是櫃檯人員的回答卻出乎意料。櫃檯人員有點緊張地告訴尼克斯，米格烈昨晚沒有待在房間，現在不在飯店裡。櫃檯人員接著完全沒有笑容，沒有任何開玩笑的意思，很認真地說阿芙蘿黛蒂女神的孫女前晚真的來找米格烈了，她開車連他的行李一起載走了。她用希臘文告訴值班的櫃檯人員不要擔心，米格烈不會回來飯店，所以可以把房間留給別人，還說不用幫他訂回程的機票。她要櫃檯人員幫忙轉達尼克斯，說她會在早上十點把米格烈送回來，讓他和尼克斯道別。櫃檯人員又重複說道，阿芙蘿黛蒂女神的孫女和飯店人員講希臘文，但和米格烈是講俄文。我和尼克斯聽得一頭霧水，只能坐在飯店大廳的扶手椅上，靜靜地等到十點。

「十點鐘一到，飯店的玻璃門打開了，我們看到弗拉狄米爾．米格烈，身旁還有一個年輕貌美的女子。我看過她，她是俄國人，名叫伊蓮娜．法捷耶娃，在賽普勒斯生活及工作，是莫斯科旅行社外派當地的代表。雖然我說認識她，但我並沒有馬上認出她來。伊蓮娜那天早上看起來特別漂亮，穿著一襲輕盈的長洋裝、留著漂亮的髮型，眼睛散發幸福的光芒。這位身材曼妙的年輕女子走在米格烈身旁，立刻吸引了飯店大廳員工的目光，酒保、清潔人員和櫃檯人員目不轉睛地看著他們朝我們走來。在與他們對話後，我和尼克斯得知米格烈決定在賽普勒斯多待一個月。後來米格烈往吧檯走去，尼克斯開始對伊蓮娜抱怨，說米格烈非常難伺候，不斷提出他和旅行社老闆都無法達成的要求，而伊蓮娜回答：『我已經達成他的所有要求了，如果他還有其他要求，我相信我也能辦到。』

「尼克斯接著問伊蓮娜，如何在短短的十二小時內，辦到這個不可能的任務？她如何讓賽普勒斯上出現米格烈最愛的西伯利亞淡水魚？是用什麼方式在十二小時內，在賽普勒斯上種出雪松，讓所有賽普勒斯人突然聽懂米格烈說俄文？她如何找到地方讓他一個人過夜，如他所願沒有人吵他？

「伊蓮娜回答，米格烈的要求一切都有如巧合般發生。她把弗拉狄米爾安頓在自己當時正巧沒人的別墅。別墅位在離帕弗斯城不遠的佩亞村邊緣，那裡不會有人打擾他。她特別租了一台摩托車給他代步。至於西伯利亞的淡水魚，她在賽普勒斯的朋友阿拉碰巧就有，她也是俄國人。別墅附近的山上有雪松，而米格烈自己也帶了兩棵西伯利亞小雪松，她把它們直接種在別墅門口的盆栽裡。語言障礙現在對米格烈也不是問題，因為所有地方，包括商店和咖啡廳都有電話，她也會隨身攜帶行動電話，如果米格烈想和別人說什麼，伊蓮娜都可以在必要時幫他翻譯。

「當伊蓮娜和弗拉狄米爾在眾人的注目下走到門口時，我提醒尼克斯，說他忘記問伊蓮娜是用什麼辦法，完成米格烈要見阿芙蘿黛蒂女神孫女的要求。尼克斯驚訝地看著我說：『如果那個俄國女孩不是阿芙蘿黛蒂女神的化身或孫女，阿芙蘿黛蒂女神的靈魂現在也一定住在她身上。』」

各位親愛的同仁，在聽完弗拉狄米爾．米格烈在賽普勒斯的故事後，自然會問：這一連串立刻滿足米格烈所有要求的巧合，真的只是巧合嗎？還是有人——像是阿納絲塔夏，或是她所說的神祕的它們，安排了這些巧合呢？米格烈飯店周遭的人都很訝異，想知道剛才究竟是怎麼一回事，米格烈就這樣從他們的視線中消失，住進伊蓮娜的別墅。對當天在場的人而言，那些一連串不尋常的巧合可能到此為止，但是我們想知道那真的結束了嗎？所以我們盡可能重現後續事件的每一個細節，而這要感謝伊蓮娜的親口證實，還有她朋友的轉述。結果呢？我們發現這一連串不尋常的巧合不只還沒結束，還變得越來越神祕。我這就只舉幾個例子。

所以，弗拉狄米爾．米格烈就這樣一個人住在伊蓮娜舒適的小別墅，可能是在思考阿納絲塔夏對神、對地球和人類創造，以及對人類命運的描述。他在來之前就把這個部分寫完了，可是他自己還沒有完全搞懂。依照他的個性，他一定會想在書出版之前，在某處或某些事件中，找出任何蛛絲馬跡，去證實阿納絲塔夏那些不尋常的言論。他有時會打給伊蓮娜，請她過來開車載他去某個地方。這個女孩總是馬上完成米格烈的要求，即使放下手邊的工作也無妨，還破例去會見俄國來的人。她還曾經兩次把工作交給同事，因此少賺了一些錢。

那麼米格烈去了哪裡呢？我們確信，他除了去一些遊客常去的景點之外，還去了兩座幾乎沒有遊客去過的教堂，以及一座遊客不會去的修道院、特羅多斯山上的空城堡。他有時也會去爬伊蓮娜別墅附近的山，獨自走在山上的雪松林間，而伊蓮娜就在路邊等他。我們更相信，米格烈到教堂和修道院都是一時興起，沒有事先安排。更確切來說，都同樣是一連串的巧合。伊蓮娜和我們描述，弗拉狄米爾・米格烈某天晚上去教堂的情形：

「我在晚上九點左右一接到電話，就開車去找弗拉狄米爾。他說純粹想在城裡繞繞，所以在他上車後，我們便出發到帕弗斯城。那天晚上，弗拉狄米爾一直在想事情，幾乎沒有開口說話。大約開了一個小時後，在河堤上經過很多家咖啡廳，於是我問弗拉狄米爾要不要吃點東西，但是他拒絕了。我問他想要去哪裡，他回答：『我現在想去隨便一座空的教堂。』

「我把車子調頭，不知為何以全速開到一座小村莊，我知道那邊有座很少人去的教堂。我們直接開到入口處下車，四周沒有任何人影，寂靜的夜晚只有微微的海水聲。我們走到教堂門口，當時天色昏暗，我在門把下摸到一把大鑰匙插著。我轉動鑰匙把門打開後，弗拉狄米爾走了進去，走到教堂中間的圓頂下坐著。他坐了很久，我在門口等他。弗拉狄米爾後來走到拱門，有位神職人員走了出來，手上似乎拿著會發光的東西。那邊開始發出光線，讓教堂亮了起來。我待了一會兒就回到車上，弗拉狄米爾則是過了一陣子才出來，然後一起離開。」

伊蓮娜還告訴我們另一段故事：

「我想帶弗拉狄米爾到一座偏遠的村莊，讓他看看當地人的生活方式。我們走的山路有很多叉路，但我好像在某個地方轉錯了，所以最後沒有到村莊，而是直接開到一座小修道院的大門。弗拉狄米爾當下想要進去看看，要我跟在他的旁邊，在他和修士說話時幫忙翻譯，但是我說我不能進去。我當時穿著短裙，又沒戴頭巾，這樣是不能進教堂或修道院的。我待在門口，看著弗拉狄米爾走進修道院的庭院。一位年輕的修士出現在他的面前，兩人就這樣面對面聊了起來。他們隨後向我走來，我聽到修士是用俄文在跟弗拉狄米爾講話，後來又有一位灰髮長者走向弗拉狄米爾，他是這座修道院的院長。他們坐在長椅上聊了很久，而我和幾位修士離他們有段距離，所以聽不到他們在講什麼。之後，院長和幾位修士要送我們離開，可是弗拉狄米爾走到修道院門口時卻停了下來，所有人也停下腳步。他轉身穿過修道院的庭院，走到教堂，沒有人跟在他後頭，我們都在門口等他從空無一人的教堂走出來。」

由此可見，一連串的巧合仍在發生。再說一次，弗拉狄米爾·米格烈當時正在思考阿納絲塔夏對神的描述，而當時真的這麼剛好，他想要去鮮少人跡的教堂，身旁碰巧就有伊蓮娜知道這樣的教堂？真的這麼剛好，空教堂的鑰匙就插在門上？真的這麼剛好，伊蓮娜轉錯路口，把米格烈載到很少遊客去過的修道院？真的這麼剛好，和他見面的修士正好會說俄文？這些一連串的事件、現實生活的狀況，一連串依序發生而看似巧合的事情，最後都引導到某個註定的結局。

在我們知道這些事情後，是否也可以說米格烈在書中描述的哲學結論也是巧合呢？或許他是在某座教堂裡（現在我們知道有哪些教堂了），一個人站在圓頂下時，神的話語在他的心中確立成形，成了他在第四本書《共同的創造》中的敘述。

我們不斷試著追尋發生在米格烈身上的巧合，一次又一次地仔細分析先後順序。在眾多的巧合之中，有一個事情讓我們最感到好奇，也就是弗拉狄米爾·米格烈究竟是如何「巧遇」到伊蓮娜。我們不會去推測這個年輕女子是否真有阿芙蘿黛蒂女神的靈魂，這種問題交給神祕學者回答就好了。但讓我們思考一下，為什麼這個女子總是會放下手邊的工作，只要米格烈一打來，就趕去找他，幫他準備羅宋湯，開車載他逛賽普勒斯？為什麼她在見過米格烈後，突然改變這麼多，包括外表也是？為什麼她在見過米格烈後，眼睛突然變得炯炯有神，連旁人都注意到了？是因為見到名人嗎？但她是在「莫斯科娛樂公司」旗下的旅行社工作啊，一定見過比弗拉狄米爾．米格烈還要知名的人物。為了錢嗎？但米格烈不可能有很多錢，不然的話，他一開始就會選擇住三星級飯店了。所以結論只有一個，那就是伊蓮娜愛上了米格烈，而這可從她朋友轉述的一句話來證實。她朋友問她：「伊蓮娜，妳是不是愛上米格烈這個人了？」而她回答：「不知道，就是有一種奇怪的感覺……但是如果他問我的話……」所以，這又是一個不可思議的巧合，一個苗條、可愛、獨立、務實、不乏男人注目的二十三歲女子，忽然間對一個四十九歲的男子一見鍾情。想必各位也會覺得這種巧合很罕見吧。

我們試著再更仔細地分析弗拉狄米爾．米格烈和伊蓮娜初次見面的情形，每一分鐘都不放過。我們訪問了「瑪利亞咖啡廳」中見到當時情形的幾位員工，並根據伊蓮娜朋友和她自己的說詞，重現了當天見面的情況。最後我們又發現了一個巧合，一個不得了的巧合！多虧了它，伊蓮娜才能在與米格烈見面的幾分鐘前，就愛上了他。這種巧合可以同時影響人的意識和潛意識。

各位想像一下，伊蓮娜開車前往度假區的瑪利亞咖啡廳。咖啡廳一位她認識的女服務生打電話給她，問她可不可來一趟咖啡廳，因為裡面有一位俄國人看起來很緊張。這家咖啡廳的招牌標有俄文店名和菜名，讓人覺得一定有服務生會說俄文，可是那天他剛好不在。伊蓮娜一開始拒絕了，但過了沒多久，她的工作剛好有個短暫的空檔，於是她坐上自己的車，快速開往那家有個俄國人坐在桌前等待的咖啡廳。她在路上替自己黝黑的鼻子上粉，然後隨手拿起一捲錄音帶，放進車上的播放器，一首俄國流行歌的旋律和歌詞隨即從音響傾瀉而出。現在我就唸出這首歌的歌詞，讓各位親愛的同事自己做結論。伊蓮娜在到咖啡廳與米格烈見面的幾分鐘前，車上喇叭播放的歌詞是這樣的：

我是個相當年輕的神，

或許我沒有什麼經驗，

但，我的女孩，我還是可以幫妳，

用陽光照亮妳的生命。

沒有時間了，
難得工作有閒，別錯過。
為鼻子上粉，出門赴約，
妳要與他在咖啡廳見面。

火車在遠方飛馳，
飛機飛離了航道，
如果他走了，就不再回來，
所以千萬別讓他離開。

為何妳突然沉默不語？
看著他的眼睛別羞澀。

我花了多少年，才不再兜圈子，

是我把他帶過來見妳。

她或透過她行動的某人真的沒有讓他離開，她或透過她行動的某人真的完成了他的所有願望，不斷提供新的資訊佐證他所做的哲學結論。他回到俄國，向出版社交了第四本書《共同的創造》的手稿。

由此可知，米格烈的一生簡直就像俄國童話故事中的傻瓜伊凡[2]，唯一的不同是，米格烈遇到的事情完全都是真的。

在接觸這個確實存在的現象後，我們不可否認，真的有一些力量可以有目的地影響一個人的命運。但問題來了，這些力量可以影響全人類的命運嗎？這些力量在過去有多活躍？在我們這個年代有變得更活躍嗎？這些力量是什麼？那時發生的事情都讓我們不得不更仔細地檢視阿納絲塔夏所說的話。

各位親愛的同仁，我們研究小組的大部分成員都贊成以下這個結論：「阿納絲塔夏這位西伯利亞的隱士，現在雖然讓各國政府在自己的崗位上運作，但她實際上已經控制了整個人類社群。」請注意這邊的用詞，我不是說「掌權」，而是「控制」。大部分的讀者在接觸米格烈的書時，都會出現想要改變自己生活的渴望。他的讀者已經超過一百萬人，而且仍在穩定成長。只要人數大到可以發揮群聚效應，就能影響權力機關的決策。不過目前在權力機關中，就能找到不少支持書中結論的人。

換句話說，我們的社會會像米格烈那樣受到控制。各位親愛的同仁，我希望各位現在都不會再懷疑，米格烈真的完全受到某些力量的控制。我認為我們必須一起研究阿納絲塔夏這個西伯利亞隱士究竟是誰？實際上位在何處？有什麼能力？是什麼力量在幫助她？她想把我們的社會帶往何處？這些都是現代科學必須回答的問題。

---

2 傻瓜伊凡（Ivan the Fool）是俄國童話故事中的主角，雖然做事漏洞百出，但總能傻人有傻福，獲得外界不可思議的幫助，完成一些看似無法完成的事情。

20 崩潰

這捲錄音帶我聽了兩次，但我並不認識錄音帶裡說話的那位講者。對我而言，那人是誰根本不重要，而是他所做的結論對我造成了很大的影響，那不只讓我沒有寫下去的動力，我的生活似乎也失去了意義。

我才開始認同阿納絲塔夏有關人類是如何重要的概念，她說人人都是神最愛的孩子，只要瞭解自己的使命，在世上就能過著幸福的生活。我相信阿納絲塔夏，相信我們只要改變生活方式、建立新的聚落，就有機會改善現在的生活。然而，在我聽完這捲錄音帶後，所有的信念全部崩潰。講者描述了發生在我身上的種種巧合，而且認為這些巧合是有規律的。重點是，他所引述的都是千真萬確的。事實真的如他所述，而且還有一些事情是我知道，他沒有講出來的。

倘若事實真如他所述，這意味著我只是別人手中的棋子。然而，我是受到阿納絲塔夏或某種力量、能量的控制，這並不重要。重點在於，我什麼都不是，我根本不存在，只是一具空殼，受到任意安排好的「巧合」所控制。如果只有我受到控制，那也就罷了，但很可能還有其他人也受到「上面某人」的擺佈，或是全人類都受到控制。對那個我們看不見，也意識不到的它而言，全人類都只是玩物而已。

我不想成為別人的玩物，但是報告引述的事實卻讓人無法反駁：你什麼都不是，還受人擺佈。這點再清楚不過了，你所熟知的事情就是鐵證。

我在賽普勒斯碰到的一切不能算糟，正好相反，一切都很好。但這又怎樣！如果是看不見的它安排了一連串美好的巧合，那麼明天也可能有另一個看不見的它，想要另外安排一連串不怎麼美好的巧合，照這樣下去，人類只能淪為玩物。全人類都是這樣嗎？我之前怎麼沒有想到，某些力量把全人類玩弄在股掌之間，就像小朋友玩玩具兵那樣？

阿納絲塔夏在泰加林描述神、描述共同的創造時，遮在我眼前的簾幕彷彿因為她的話而拉開了。

在我人生中，這是第一次，我不把神視為某種沒有固定形體、人類無法理解的存在或坐在雲端的老人，而是一個可以感覺、體會、夢想和創造的人。她的描述所帶給我的感受，比我之前聽過或讀過的都要清楚明瞭。不僅如此，當她說話時，我的內心就會有種美好的感覺，不會覺得那麼孤單。所以說，祂真的存在！我們可以理解祂，而祂也會付出行動。祂睿智又善良，從祂在我們四周的創造就能證明這點，包括雪松、小草、鳥兒和野獸，這些在泰加林中、在阿納絲塔夏的林間空地中，都很善良，一點也不兇狠。我們常將祂的創造視為理所當然，所以很少注意到它們，不但如此，我們反而還透過其他東西或透過某些看似神祕的教導，去批評祂的創造。我們走遍天涯海角，想要找到聖地、找到導師、找到教導，但是這太荒謬了，完全不合邏輯！如果我們將神視為我們親愛的天父，那怎麼會覺得祂會把好的事物藏起來，不讓自己的孩子找到？祂不但沒有把任何東西藏起來，沒有對人類——自己的孩子——隱瞞任何事情，反而一直努力地待在人類身旁。究竟是什麼力量在對抗祂？是什麼力量誘惑了我們，讓我們的生活方式害得祂所賜予我們的美麗星球——地球——陷入毀滅的危機？是什麼力量在玩弄我們呢？

每個晚上，高層公寓的窗戶個個散發光線，每扇窗後都是一戶人家的生活，可是在這個世上，有多少人真的過著美滿的生活？我們談道德、談愛、談文化，每個人都想努力讓自己看起來更體面，但事實上又是如何？事實上，即使保守估計，每兩個外表體面的男人，至少就有一人私下與其他女人暗通款曲，他們隱瞞自己的家人，維持表面上的和諧。我國最大的收入來源之一為何？伏特加和香菸，專賣權現在仍由政府嚴加控管。酒到底是誰在喝？在圍牆旁和公寓門口閒晃的酒鬼嗎？他們當然也會喝，但他們沒有那麼多錢，可以讓數百座酒廠生產多到成河的酒。那些外表體面、受人敬重的人才是主要的消費者。

我們擁有大量的警力、各種保全公司和徵信社，為了什麼？為了將酒鬼和喜歡打架鬧事的人集中起來管理嗎？胡扯！內政部如果好好利用這些人力，一天就能把他們通通抓起來了。要對抗的對象根本不是他們，而是那些看似體面的人。

稍微想想便會知道，我們擁有如此大量的「特殊服務」，況且這些服務不是成天無所事事，這不就代表還有另一個龐大的勢力在跟這些服務對抗嗎？這就表示，這是一場永無止息的戰爭，而我們所有人正處於兩兵交戰的中間。雙方都受到我們的資助，我們試著改善某一邊，也就是執法單位的科技實力，但另一邊也在升級裝備，同樣從我們這邊拿到錢。這些錢的來源永遠只有一個，那就是人類的勞動。還有，戰爭的科技水準只會繼續增加。這不是一兩年的事情而已，而是持續了數千年之久。沒有人知道這場戰爭的開端，也不知道誰可以終結。我們夾在兩兵交戰的中間，我們沒有任何人是中立的，人人都參與其中，身處這場永無止息的戰爭之中。有些人直接參與戰爭，有些人在有意無意間資助戰爭，有些人則為戰爭製造武器，但是我們都帶著偽善的面具，對科學、對技術、對文化高談闊論。

我們密集開發的智慧文明，總是以聰明的詞語談論科技的進步，可是聰明的文明啊，為什麼你的水龍頭出來的都是臭水呢？外表聰明的你，怎麼會想讓飲用水要用買的呢？而且這種水還一天比一天貴呢？

我們不願意脫掉偽善的面具，但是為什麼？為什麼我們每年總是無可避免地讓自己的生活更艱難？為什麼我們正往某個糞坑前進，卻沒有人阻擋我們？我們越走越近，連我們自己都不願承認。為什麼沒有人阻止我們？

世界上宗教林立，卻沒有任何宗教可以阻止我們。還是說，他們雖然無法完全阻止，但是仍然可以延緩速度？如果真是如此，這已經成了一種虐待，增加我們痛苦的時間。我們繼續認為自己是聰明、體面的文明，但為何在這個聰明的文明裡，女人失去了生育的渴望呢？現有的統計資料顯示，我們的國家正在老化。究竟是什麼力量，讓人類變得如此愚昧無知？

＊＊＊

我一整個禮拜都很鬱卒，對任何事都無精打采，每天只是躺在床上，幾乎什麼都不吃。那個禮拜結束時，我突然感到一陣憤怒，甚至到了怒火中燒的地步。我想至少做點什麼對抗這些力量，不管那是光明，還是黑暗的力量，我只想對抗任何控制我們的力量……證明給它們看，人類是可以脫離它們的掌控的。但該以什麼方式反擊呢？如果它們，或者阿納絲塔夏與它們一起要我寫書，那我偏不寫；如果不能吃肉，那我偏要吃，而且還要抽菸、喝酒。根據它們的行為判斷，它們一定不會喜歡我做的這些，那就盡量放馬過來、阻止我啊！我整整一個月每天酗酒，喝醉會讓感覺好一點。但每當隔天酒醒時，腦中又會有各種不愉快的想法。寫書是為了什麼？我一直試著毫不隱瞞，最後卻淪為別人手中可笑的玩物，而且還不知道那人是誰！

喝醉後，我會扶著牆壁走到床前。我真想放聲大叫，讓我的後代可以聽到，聽到並且明白！讓他們明白！我寫書，是因為有偽善的面具在與我作對！我要尋找別的出口！

21 嘗試除去制約

我早上偶爾會下定決心，不去喝到爛醉如泥。我會在浴室刮掉好幾天的鬍子。想起阿納絲塔夏時，盡量不往壞的方面想，而是思考她能做的好事。我一直試著說服自己，她做的都是好事，可是生命卻一次又一次地拋出讓人失去信心的論調。就在一天早上，我一如往常，決定不再酗酒，這時一位要好的朋友到我賃居的公寓按門鈴。當時天色很早，我連鬍子都還沒刮完，臉上還有刮鬍泡就去應門。

弗拉基斯拉夫看起來有點激動，打過招呼後對著我說：

「我們得好好談談，你邊刮鬍子，我邊講。」

我在刮鬍子的同時，他說自己終於把書看完了。他讀完後覺得很興奮，也認同阿納絲塔夏大部分的言論，認為她的邏輯十分嚴謹，可是他比較在乎另一件事：

「所以說，你和她見面之後，離開了家人、放棄了事業，不想繼續經商了，是嗎？」

「是的。」

「你還想依照她的建議，成立良心企業家結社？而且你正在寫下一本書？」

「目前沒有在寫，我想把一些事情弄清楚。」

「也就是說，你現在要把事情弄清楚，那你跟這位隱士認識的五年來，到底完成了什麼？得到了什麼？」

「什麼意思？我舉例給你聽，在高加索山區，居民對石墓的心態已經出現第一波的改變。你想像一下，之前曾有多少篇關於石墓的學術著作，卻從來沒有人對它感興趣，任由他人盜墓、把寶物偷光。然而，阿納絲塔夏所說的話立刻起了作用，一家名叫『友誼』的療養院才剛讀完我的書，就有員工帶著花，到石墓致意。其他地方也是，居民改變了對祖先的態度，開始思考……」

「好了！我完全認同你，她說的話確實有用，但你舉的例子不只證明了這點，也證明了另外一件事，那就是她把你變成了魁儡，你不再是你自己了。」

「為什麼你會這樣認為？」

「不夠明顯嗎?你身為一位企業家,在經濟重建早期白手起家,就算一開始沒有資金,也能實現大規模的商業計畫。你還是西伯利亞企業家協會的主席,可是卻突然放棄事業,開始自己洗衣服、做飯,所以我才說你已經不是你自己了。」

「這些我都聽過了,弗拉基斯拉夫,可是阿納絲塔夏的話真的讓我很興奮,她的夢想很美:『帶領人類穿越黑暗力量時光』。她對此深信不疑,要求我寫書,我也答應了,畢竟她只有一個人,在等待、在夢想。說不定她把書和自己的夢想連結起來了。你剛也說了,阿納絲塔夏在書中所說的話有很大的影響力。」

「這就是問題所在,再次證明她對你的干涉。你自己判斷一下,一個無人知曉的作家、一個企業家,突然可以寫書,而且還是寫什麼?寫人類的歷史、寫宇宙、寫宇宙的智慧、寫孩子的教養。她開始在現實生活中影響人類,影響他們的行為舉止。」

「但她的影響是正面的。」

「或許吧,但重點不是這個。難道你從來沒想過,是什麼讓你突然會寫書的嗎?」

「阿納絲塔夏教我的。」

「用什麼方法教你的?」

「她拿了一根樹枝，在地上寫出字母，所有的字母，然後說：『這些是你們熟知的字母，你們所有的書都是由這些字母排列而成的，而書的好壞取決於這三十三個字母的排列順序，排列的方法有兩種。』」

「就這樣？只要按照一定的順序排列三十三個字母？你只是排列了一下，就有人成群結隊，帶著花到山上的石墓致意？這不會有人相信的，它超出正常的理解範圍，一定有什麼不知名的力量。她是讓你變成魁儡、重組你腦中的程式，還是催眠你，我不曉得，但她一定有做什麼。」

「只要我叫阿納絲塔夏女巫，或是用『搞神祕』、『天馬行空』或『難以置信』這些詞，她都會非常難過，並開始解釋自己只是一般人、平凡的女人，只是知道的訊息比較多而已，但對我們來說已經很多了。她說原初的人類也能有這樣的能力，只是後來……但不管如何，她畢竟幫我生了一個兒子。」

「那你兒子現在在哪？」

「和阿納絲塔夏在泰加林裡，她說在我們技術治理的世界裡，比較難教育孩子，讓他成為真正的人，因為孩子無法了解人造的東西，那會讓他遠離真理。除非他瞭解了真理，否則不能把這些東西給他。」

「那為什麼你不在泰加林裡陪他？沒有去幫忙照顧孩子？」

「一般人無法在那邊生活，她連火都不願意生，也有自己的飲食方式，而且她還說……我現在還不能跟孩子講話。」

「所以說，她不想住在我們正常的環境中，而你也沒辦法在那裡生活。那接下來呢？你有想過嗎？你一個人，沒有家人，如果生病怎麼辦？」

「我現在不會生病，已經第二年了，是她治好了我。」

「所以你永遠都不會生病了嗎？」

「還是會吧。阿納絲塔夏說過，所有的小病痛仍會試著捲土重來，因為人的體內有太多黑暗、有害的東西，我當然也和其他人一樣。你看，我還在抽菸，又開始喝酒了。但重點不是這個，她說光明的想法和意念太少了，這些才是對抗病痛的主力。」

「也就是說，你未來不會像其他人一樣過著正常的日子。我來是要給你看個商業計畫的，我要你別再當魁儡，我要把你叫醒。只要你恢復正常，就能給我一些建議……幫我重整公司，回到正軌，畢竟你有經驗，又是一個優秀的企業家，人脈很廣。」

「我沒辦法幫你，弗拉基斯拉夫。我現在沒空思索事業，腦中都是別的事情。」

「我很清楚你沒有在想事業，所以要先讓你恢復正常。相信我，我以朋友的身分請求你，你到最後一定會感謝我的。等到你恢復正常，你就能自己評斷這些日子發生的事情。」

「你要怎麼定義所謂的正常？」

「很簡單，過幾天人類該有的正常生活，找幾個女人玩樂，再回頭看看你這幾年所過的生活。如果你比較喜歡過去的生活，那就繼續像現在一樣工作、生活。但是，如果你在恢復正常後，明白以前的你是被催眠了，那就回去經商。這對你有好處，你也可以幫助我。」

「我不能去找妓女……」

「幹嘛找妓女？我們可以找有意願的人辦派對，有音樂和美女作伴。我們可以在餐廳或郊外舉辦。一切包在我身上，你只要別拒絕就好。」

「我想先搞清楚自己的一些事情，我要好好思考。」

「拜託，別再想了，就把我的提議當做實驗。我以朋友的身分請求你，給我一個禮拜的時間，之後你要怎麼想都沒關係。」

「好吧，就試試看。」

隔天，我們開車前往附近的小鎮，弗拉基斯拉夫說他有一些認識很久又不錯的女孩住在那裡。

22 我們的現實

替我們開門的女子風情萬種，外表看起來三十出頭，嬌柔、靦腆且身材豐腴，但並不算胖。她輕薄的長袍還保留了，或甚至凸顯出能讓所有男人為之瘋狂的曲線，一覽無遺。她的娃娃音和歡迎我們的笑容，立刻讓我們感到賓至如歸。

「你們好，遠道而來的旅人！請進，請進。斯維拉娜跟我說過你們，她說你們想到市區逛逛，到餐廳好好吃頓飯。」

「沒錯，這些地方都要去，而且一定要跟妳們兩個美女去。」弗拉基斯拉夫興奮地說，「我親愛的斯維拉娜呢？不一起出去玩嗎？」

「我們哪有時間跟誰出去玩啊？看來我們都要等一輩子了……」

「還等什麼？我這不就把朋友帶來了嗎？他是西伯利亞人，百分之百的企業家。自我介紹一下吧。」

她把綁得很緊的黑色髮辮理直，睜開因為害羞而低垂的眼神，露出閃閃動人的雙眸，看起來充滿熱情和慾望。她向我伸出手來：

「我叫蓮娜，您好。」

「弗拉狄米爾。」我握著她豐腴的手，一邊介紹自己。

蓮娜在廚房替我們泡咖啡時，我們倆先到浴室梳洗了一下，之後就在這間二房公寓參觀。我很喜歡這間公寓，格局雖然和大多數的公寓類似，但是這裡特別乾淨舒適、打理得很好。所有東西擺放整齊，沒有任何多餘的雜物。臥房貼著綠松色的花紋壁紙，窗上掛著顏色相襯的摺邊窗簾，地毯和大床單都是同個色調。這種顏色加上有條不紊的擺設，讓人有種放鬆的感覺，彷彿邀人入睡似的。我們後來走到一間比較大的房間，在扶手椅上坐著休息。弗拉基斯拉夫打開女主人看起來不便宜的錄音機，開口問我：

「你覺得女主人如何？」

「很好啊，只是她怎麼沒有結婚？」

「那為什麼其他幾百萬個女人都沒結婚？你難道沒聽過，我們男人不夠娶所有女人嗎？」

「我聽過，但她不一樣。她真的很棒，把家裡打理得很舒適。」

「是啊，打理得很好。她的收入不差，是個優秀的美髮師，不是一般的美髮師，應該說是髮型設計師。她參加過大大小小的比賽，很多比較有錢的婦女都會排隊，出高價請她服務。」

「說不定她很風騷。」

「一點也不風騷，斯維拉娜跟我說過，她們還在讀書的時候，蓮娜曾和一位成績很差的學長交往，但在畢業後就和對方分手了。可是那個男的對她窮追不捨，還會去毆打那些想跟她約會的男生。他就曾在蓮娜的面前，把好幾個男生和他們的朋友打得很慘，還因為打群架而鬧上法庭好幾次。她對那個男的很愧疚，所以從沒說過對他不利的證詞，總是說自己當時意識不清、什麼都不記得了。他只有一次把人打到重殘而遭到判刑，因為對方有個位高權重的老爸。」

「那就是她性冷感，不需要男人。」

「性冷感？怎麼可能！你難道沒注意到她看你的眼神嗎？感覺像蛇要把小白兔吃了，可以立刻跟你上床。」

「你太誇張了。」

「別挑了，好好享受，把握當下吧！我們說好要來放鬆的，那就好好放鬆吧。」

蓮娜把咖啡放在精美的托盤上端了進來，身上換了一襲漂亮的貼身長衫，臉上也畫了淡妝，看起來比剛剛更好看。她問我們：

「如果你們想吃點東西，我可以馬上弄給你們吃。」

「不用了。」弗拉基斯拉夫回答，「我們去餐廳吃吧，幫我們打給這裡最好的餐廳，訂四個人的位子。」

我們喝咖啡的時候，蓮娜打電話給餐廳，請一位顯然認識她的工作人員訂位，因為她和對方講話的時候是用「你」。她吩咐對方：「你幫我找個好位子，我帶了幾位不錯的男伴。」

蓮娜先開車載我們在市區繞繞，看看周遭的環境，參觀當地的著名景點，到餐廳的時候已經傍晚了。

一位舉止大方、身穿名貴制服的門僮替我們開門，餐廳經理帶我們走到門口對面的包廂。位子確實不錯，地板稍微挑高，可以看到整間餐廳和舞台。包廂的牆壁和天花板鑲有漂亮的雕刻，看得出來這間餐廳十分高級，不過當時幾乎已經客滿了，大概只有富人才有財力在這裡享用餐點吧。我們決定不要客氣，點了最貴的冷盤、名酒，我自己則點了一瓶伏特加。當樂隊奏起某首像是探戈的舞曲時，弗拉基斯拉夫立即提議一起跳舞，我們便起身走到舞池。蓮娜豐腴的身體自在地在我的雙臂之間輕輕搖擺，已經有點微醺的我，又因為她的香水和眼神而更加陶醉。她低垂的眼簾不時掀起，用溫柔的眼神直視著我，彷彿有股期待已久的激情正在燃燒。她似乎又感到害羞，再次低垂她的雙眼。

當我們回到座位上時，我已經把所有的痛苦和追求都給忘了，喝酒的感覺真好，謝謝弗拉基斯拉夫、蓮娜，還有他們安排的一切。所以說，生活還是可以過得很好，只要不要追根究底，好好享受生活就行了。

我替所有人倒酒，給自己添了伏特加，但就在我要讓大家喝酒、準備舉杯敬酒時，弗拉基斯拉夫打斷了我。他跟斯維拉娜跳完舞後，回來的神情就有點緊張。他當下點起一根菸，菸灰還掉進了沙拉。他沒等任何人說話，自己就喝了一口紅酒，不發一語，還在椅子上磨蹭。我才想拿起酒杯，準備說敬酒詞，他卻開始喃喃自語：

「等一下，有一件事……很重要，我們出去談談。」他沒等我回答，猛然起身走人，「兩位女孩，妳們待在這裡，自己聊一下八卦，我們很快回來。」

我們走到寬敞的餐廳大廳，弗拉基斯拉夫示意要我走到噴泉後方最遠的角落，他壓低音量用咒罵的語氣一口氣說出來：

「她是婊子！你說得沒錯……臭婊子！」

「誰是婊子？要是你和斯維拉娜搞砸了，也別壞了今晚別人的興致。」

「不是斯維拉娜，是蓮娜設局給我們跳，應該說是要設計你，我也跟著受害，但我不會丟下你不管。」

「你能解釋她怎麼會設計我或我們嗎？還是要設局給誰？為什麼？」

「斯維拉娜在跳舞的時候跟我說的。我一直跟她講你的事，所以她開始對你很抱歉……她一看到你……總之，她在跳舞時都跟我說了。」

「說了什麼？」

「蓮娜是婊子！簡直是有病的被虐狂！變態！你也知道男人都喜歡圍繞在她的身邊，她也會向他們賣弄風騷，然後把他們帶來餐廳。她都是透過這邊的朋友訂位，服務生會通知坐在那邊的黑道。」

「哪個黑道？」

「就是她在學校認識、成績很差的那個啊！我跟你說過了，他在年輕的時候就曾經和朋友毆打過很多想約她出去的男生，現在他好像成了地方的角頭老大，或是專門在敲詐勒索別人。總而言之，她知道只要透過朋友訂位，他就一定會通知那個黑道。他會直接坐在餐廳裡面，通常是和小弟坐在隱密的角落觀察，等待時機把蓮娜的追求者打到要死不活。一定會在蓮娜的眼前『行刑』，她會因此感到非常興奮，甚至高潮。斯維拉娜說，她已經到了病態的地步。她有一次向斯維拉娜承認，她有時會因為這個過程而達到性高潮。」

「所以那個成績很差的男人為什麼要這麼做？」

「誰知道為什麼，沒有必要知道！也許他還像之前一樣愛她，說不定他也能得到變態般的滿足感。斯維拉娜說，蓮娜會假裝自己神智不清，讓他在事後把自己送回家，和他一起過夜，天曉得他們會在家裡做什麼！」

「為什麼他不乾脆娶她算了？」

「你管他們要不要結婚？我說了，蓮娜應該病了，感覺想延續青春。如果結婚，生活就會單調。而她想要這種刺激，婚後上哪找這種感覺啊？斯維拉娜說她有病，所以現在要緊的是，我們得想想怎麼離開這裡。」

「不如直接離開餐廳吧，你都說他們會通知那個蠢蛋了。」

「太遲了，他和小弟早就在餐廳了，一直在觀察我們……斯維拉娜說他會先走來我們的桌子，很有禮貌地問是否能與蓮娜共舞。如果我們拒絕，他就會默默離開。但是結果都是一樣的：等待時機把男伴打到要死不活。如果身上有值錢的東西，他的小弟還會拿走。我已經把勞力士手錶給了斯維拉娜，如果你也有值錢的東西，也給她吧。」

「我身上沒有值錢的東西。告訴我，為什麼他們不怕警察？」

「我說過了，他們都算計好了……他們有律師……不只這樣，他們還有辦法讓這一切看起來像是：他們在保護女人不受到騷擾。」

「所以蓮娜都不說話作證嗎？」

「那個婊子會閉嘴，假裝什麼都不記得，假裝自己休克或昏倒。都是我的錯，中了他們的圈套。不過似乎有個辦法……我想到了！我們可以製造一些事端，爭吵或大打出手，讓警察來把我們抓走。我寧願待在拘留所、繳點罰款，至少不會被打到殘廢。」

「不要，我才不要因為他們懲罰自己。不如我們兩個走暗道出去，你再打電話給斯維拉娜，幫她叫計程車。」

「我們走不了的，他們已經坐在那邊了。只要一走，就會被他們抓回來，這樣下場會更慘。他們還可以說我們不付錢就想走人。」

「如果沒有辦法，那就豁出去、跟他們玩到底！至少玩玩這些混蛋，讓他們窮緊張也好。可惜今晚就這麼毀了，原本心情還不錯的。」

「你說現在要怎麼豁出去？」

「喝得痛快，把一切都忘掉，趁這個機會好好放鬆，只是你不要表現出很緊張的樣子。」

「我緊張什麼？我擔心你啊！」

「走吧！」

我們回到座位上。餐廳的寬敞和金碧輝煌，與女士雍容華貴的打扮相輝映。她們看起來配戴的都是貨真價實的飾品，現在很多年輕貌美的女性，在彬彬有禮的男士面前也會配戴貴重的飾品。她們是尋歡作樂的「新俄羅斯人」，但她們也代表了俄羅斯。俄羅斯也在狂歡，做它能做的，瀟灑又有膽識。這種膽識一定會顯露出來，只是現在是用端莊的雍容華貴顯現。當我們回到座位時，我立刻把酒杯倒滿酒，對著大家說：「我們敬『滿足』！希望我們在座的每一個人都能為別人至少帶來片刻的滿足，敬『滿足』！」我和弗拉基斯拉夫把酒喝完，而兩位女士只喝了半杯。我把椅子緊緊靠向蓮娜，迅速地把她摟住，一手放在低胸裝露出一半的胸部上，在她的耳邊輕輕對她說：

「妳真是漂亮的可人兒，蓮娜。妳一定會是個好妻子、好母親。」

她一開始因為我摟住她，又把手放在她的胸部上，而感到難為情、想要掙脫，但是她沒有推拖下去，反而把頭微微靠在我身上。一場順著他們（或她）的好戲上場了。我接著盡情地陪他們玩，自己也不知道為什麼要這樣做，彷彿就順著某人或某種黑暗力量的意思，迎接悲慘的下場。而下場很快就來了。

一位身材魁武、脖子粗得像牛的男子，從舞台旁邊的座位上起身，站在原地緊盯了我們好一陣子。而當音樂響起時，他扣起西裝外套，昂首闊步地朝我們的桌子走來。他走到一半卻突然停了下來，目不轉睛地盯著另一個方向。餐廳的顧客也紛紛轉頭，幾位男女甚至站了起來，彷彿有什麼東西驚動了他們。我跟著大家的視線看去，卻被眼前意外的情景給嚇傻了。

阿納絲塔夏正從門口走向舞台，而她輕快的步伐（甚至可以說是很有挑戰性的輕快步伐），還有她的服裝，都讓在場的人無不感到驚訝。看看她穿了什麼！她還是穿著那件乾淨的舊短衫、裙子和媽媽的頭巾，但是這一次，這些服裝看起來像是全世界最有名的設計大師大發靈感後，特別為她量身打造的超級穿搭，把我認為至今最講究又時尚的女裝都比了下去。

我會有這樣的想法，是因為她平凡的服裝加上了不平凡的飾品嗎？還是她的步伐或表現出來的舉止呢？

阿納絲塔夏的耳垂掛著兩個小小的綠枝（似乎是用夾的），上面有如羽毛般的針狀葉。頭上戴著編成辮子形狀的草冠，將她濃密的金色秀髮盤住。草冠上有一朵小花，如紅寶石般地在她的額頭上閃閃發亮。她畫了妝，眼皮上帶有綠色眼影。她的裙子和以前一樣，只是開衩深至大腿。頭巾打了結綁在腰上。這樣出奇不意的打扮，配上她用粗麻布做成的包包，既突出又時尚無比。她將粗麻布的其中兩角，用帶著樹皮的樹枝與另外兩角綁住，然後又用草編的帶子固定，做成一個嬉皮風格的包包。整體的服裝加上她自在又有自信的步伐，只恐怕超級名模和時裝模特兒都望塵莫及。

阿納絲塔夏走到舞池時，幾對男女已經跳起某種輕快的舞蹈，阿納絲塔夏也立即開心地隨著音樂轉了幾圈，舞動她的全身。她的四肢跟著靈活的身體擺動，舞出各種優美的動作。她接著把雙手舉起，拍起手來開懷大笑，在場跟著響起了眾多男士的掌聲。當她往我們的方向走來時，兩位服務生追了上來，問了她一些問題。她指著我們的桌子，其中一位服務生便拿起一張雕花的椅子，跟在她的後頭。當她經過那位原本要來找我們、蓮娜頸粗似牛的朋友時，她停了一下，看著他的眼睛，似乎還對他眨了眼，才走到我們這邊。

我當時坐在椅子上，一手還摟住蓮娜，目瞪口呆地看著眼前的一切。在座的四人都沒講話，瞪大眼睛看著。

阿納絲塔夏走到我們的座位，若無其事地向我們打招呼，彷彿她本該是座上賓似的：

「你們好，晚安。嗨，弗拉狄米爾。我可以……你們不會介意我在這裡坐一會兒吧？」

「當然不會，請坐，阿納絲塔夏。」沒有料到她會來的我，回過神來對她說。我起身要把座位讓給她坐，但是貼心的服務生已經把搬來的椅子放好了，而另一位服務生稍微挪動我的盤子，在阿納絲塔夏的面前放上乾淨的盤子，為她遞上菜單。

「謝謝。」阿納絲塔夏道謝，「但我現在還不餓。」

她把手伸進嬉皮風格的包包，拿出用大葉子包住的越橘果和蔓越莓，放在盤子上拿到桌子中間，對著我們說：「請你們吃。」

「妳怎麼會突然來這兒，阿納絲塔夏？難道妳也會去餐廳？」我問她。

「我是來找你的，弗拉狄米爾。我感覺你在這裡，所以就決定來了。沒打擾到你吧？」

「完全沒有，只是妳怎麼會有這身特別的服裝和臉上的妝？」

「我原本沒有打扮，也沒有化妝，但我走到餐廳門口，想要進去的時候，門口的人不讓我進去。他們讓別人進去，替他們開門時還會鞠躬，可是卻對我說：『走吧，大嬸，這裡可不是什麼普通的餐廳。』我走到暗處，觀察其他人為什麼可以進去。我才發現他們穿得不一樣，行為舉止也不像我這樣。我一下就懂了，所以我在附近撿了兩根從樹上掉下來的樹枝，用指甲切斷，掛在耳朵上裝飾。你看！」阿納絲塔夏將頭轉向一側，展示自己發明的飾品。

「怎樣，好看嗎？」

「好看。」

「我還迅速地做了一個包包，把頭巾綁在腰上，用樹葉和花瓣的汁液上妝，只是可惜了這件裙子，撕成這樣……」

「不需要撕這麼多，都到大腿了，撕到膝蓋就夠了。」

「我想讓一切看起來更好，他們才會讓我進去。」

「那妳的口紅哪來的？妳嘴唇上是真的口紅。」

「口紅是在這裡拿到的。門口的人幫我開門後，我走進大廳照了照鏡子，因為我很好奇自己看起來怎樣。鏡子前有幾個女生看著我，其中一個走了過來，興奮地問我：『妳這身服裝哪買的？要不要全身跟我交換呀？戒指和耳環也可以給妳戴。要的話，還可以給妳貼點美金。』

「我向她解釋，這身服裝她自己也能在短時間內做出來。我先給她看了耳垂上夾的樹枝，這時其他女生湊了過來，其中一個女生一直驚呼『哇！哇！』另一個女生還問哪本雜誌有介紹這種穿著、這種風格。而第一個走過來的女生問我是不是來接客的，她是這邊的大姐頭，不允許有任何皮條客，因為她們都是自由接客的。她還說她會修理任何想收保護費的人。」

「她叫安卡，是個妓女。」斯維拉娜說，「不好惹，大家都很怕她。如果有人和她作對，她可以弄出各種花樣，耍心機製造內鬨，讓對方笑不出來。」

「不好惹……」阿納絲塔夏若有所思地說，「但是她的眼神充滿了悲傷。我為她感到惋惜，想至少為她做點什麼。她聞我身上的味道，問起我的香水時，我把一根含有雪松精油的木棍送給了她，教她怎麼用。她立刻抹在自己和朋友身上，然後把她的口紅和一枝畫唇形的筆送給我。我一開始不太會塗，我們還笑成一團。她之後幫我塗，跟我說：『有什麼需要就來找我。』她叫我去跟她們坐，不過我說我只是來見我的……」阿納絲塔夏突然沉默，想了一下才又繼續，「來見弗拉狄米爾你，還有大家的。你可以陪我到城裡走走嗎？外面有海風，空氣比較好。還是你想和朋友在這裡多待一會兒，弗拉狄米爾？我可以等你結束。還是說我……我真的打擾到你了？」

「完全沒有，阿納絲塔夏，見到妳太開心了，只是一開始沒有想到妳會來。」

「真的嗎？所以你可以陪我到海邊走走嗎？你希望我們兩個人，還是大家一起？」

「阿納絲塔夏，我們兩個就好。」

但是要離開這裡可沒這麼簡單，蓮娜的朋友已經朝我們走來。他似乎也因為阿納絲塔夏的突然現身而久久無法回神。「應該早點走的。」我心想，但是來不及了，他們就要上演那齣邪惡的戲碼了。蓮娜看起來早有心理準備，挺直身子坐著，眼神低垂，梳著頭髮，如同一幅畫似的。

那位男子走到我們桌前，卻不是找蓮娜，而是阿納絲塔夏。他微微鞠躬致意，眼裡除了阿納絲塔夏外沒有別人，對著她說：「小姐，有這個榮幸與您共舞嗎？」蓮娜這時驚訝地張開嘴巴。

阿納絲塔夏起身，笑著回答他：

「謝謝您的邀請，請坐我的位子吧，他們就少您一人了。我現在沒有心情跳舞，我剛剛才決定和我的……我的男伴到外面走走，呼吸新鮮空氣。」

他按照阿納絲塔夏的話坐到她的椅子，眼神卻沒有片刻離開過她。我們兩個往門口的方向走去。

我決定離餐廳越遠越好，順著阿納絲塔夏的意先走一會兒，再叫計程車回家。那時晚上十點左右，我們走在幽暗的林蔭小徑，再往下走到充滿石礫的岸邊。我們連水都還沒碰到，就聽到刺耳的煞車聲。我回頭一看，發現一輛吉普車停在上頭的路旁，五個身材魁武的男子朝我們的方向走來。其中四個把我們團團包圍，第五個站在稍微遠一點的地方，我發現他就是脖子粗得像牛、成績很差的那位男子。他先開口說話：

「嘿，像個男人，該回餐廳了，女士都在想你。」

我沒有回答他，他又對我說：

「你是耳聾嗎?我說你最好給我回去。你勾搭其他女人，還中途離席。我們現在就讓你回去。」

離我最近的彪形大漢往前靠近一步，而我決定……大喊……「快跑，阿納絲塔夏！」我決定先下手為強，要拼到最後一刻，好讓阿納絲塔夏逃走。我試圖先打向我逼近的男子，可是他抓住了我的手，往我的丹田揍，接著打我的臉。我倒在石礫上，原本應該會頭直接著地，但是阿納絲塔夏伸出了手，用手掌當我的緩衝。我頓時覺得頭暈目眩、難以呼吸。我躺在地上，看到彪形大漢的腳越來越靠近我的臉，他還穿著金屬滾邊的低筒靴。「他要用腳踢我了！」我的腦袋閃過這個念頭。他越走越近，抬起了腳……就在這個時候，阿納絲塔夏做了大部分女人遇到這種情況時都會做的事……尖叫。但是她的叫聲……！只有一瞬間是正常的叫聲，隨後轉成只見嘴唇有動作，聽不見卻足以震破耳膜的聲音。我看到包圍我們的男子丟掉手上的東西，摀住耳朵。其中三人跪在地上，蜷曲著身子。而阿納絲塔夏用手摀住我的耳朵，深吸一口新鮮的空氣後又放聲大叫。她的叫聲顯然與超音波類似，讓原本靠近我們的所有男子都跪倒在地，蜷曲著身子。他們不知道這個刺耳、難以忍受的叫聲從何而來。即便隔著她的手掌，我也能感受到刺耳的震動。雖然可能不像其他人感受那麼強烈，但我仍感到疼痛。我接著看到一群女子從上頭的馬路衝了過來，阿納絲塔夏不再大叫，放開雙手。我坐到石頭上。向我們跑來的女子個個手拿武器：一個拿酒瓶，一個拿輪胎扳手，一個拿警棍，一個拿很大的燭台。走在最前頭的是妓女安卡，她手裡握著破掉的香檳酒瓶。她們開來的兩台日古利汽車就停在吉普車旁，後方又走來一個身材豐腴的女性，身上還穿著睡衣，看來是起床後來不及換裝，就直接過來了。大姐頭應該是用了什麼方法拉了警報，把所有的好姐妹找來圍事。

看起來不好惹、蓬頭垢面的安卡，停在距離我們約五公尺的地方，看著我們在石頭上坐的坐、倒的倒的「奇景」，只有阿納絲塔夏是站著。安卡對她說：

「嘿，好姐妹，這麼多男人在追妳啊，他們沒礙到妳吧？」

「我只想和其中一個人聊天。」阿納絲塔夏平靜地回答。

「那其他人在這裡幹嘛？」

「因為某個原因跟過來的，我不曉得他們要做什麼。」

「妳不曉得？我很清楚這群混帳要做什麼。」安卡回答，然後對著蓮娜的朋友破口大罵，「我告訴你多少次了，你這嗜血的禽獸，少來碰我的好姐妹！」

「她又不是妳的。」那個蠢蛋聲音低沉地回答。

「只要我喜歡，所有人都是我的，聽懂沒？你這長不大的小孩。再讓我看到你那皮條客的嘴臉，想要覬覦我的任何好姐妹，我就把你和小弟的嘴臉都給撕爛！我的地盤不准有任何皮條客，什麼衣冠禽獸也都給我滾！你吸企業家的血還不夠？還想來動我們？！」

「不要臉！她不是妳的，她是新面孔。我只是想和她聊聊。安卡，妳這次管過頭了！幹嘛為了她大費周章？她是妳的誰？」

「她是我的好姐妹，聽懂沒？要聊去找你的被虐狂聊！」

「說啥蠢話！難道連老太婆都可以馬上變成妳的好姐妹？」

帶頭的聲音不再因害怕而低沉，我接著懂為什麼了：安卡在跟他說話的時候，他的哥兒們已經回過神來，一個個子不高的小弟站在帶頭的旁邊，拿著手槍對準安卡，另一個小弟則把手槍對著站在安卡後方的幾位妓女。那些看到什麼就拿來當武器的年輕女子，就這樣面對一群流氓的槍口。事情的發展顯然對她們很不利。百分之百可以肯定的是，她們馬上就會氣勢全消、被打得鼻青臉腫，更不用說失去自由，沒辦法賺錢了。我很想做點什麼來改變情狀，以免發生可怕的結果。阿納絲塔夏站在我旁邊，仔細地觀察眼前的情況。我拉住她的手，然後趕緊摀住耳朵說：

「大叫，阿納絲塔夏，快點大叫！」

她把我的手放了下來，問我：

「為什麼要大叫，弗拉狄米爾？」

「妳難道沒看到現在這樣嗎？這些女人就要被打到頭破血流了！她們輸了，所有人都完了。」

「不是所有人，其中三人的精神還在奮鬥。」

「精神對著槍又能怎樣？她們輸了。」

「她們還沒輸，弗拉狄米爾。只要精神還在奮鬥，任何人都不能插手。外人干涉或許能讓這種情況好轉，但是會讓她們開始不信任自己，而這一生中會發生的多數狀況，都會變得對她們不利，她們會依賴別人的幫忙。」

「別管妳那些哲學了，至少現在不要。這情況還不夠明顯嗎……」我不再說話，因為我很清楚知道，要說服阿納絲塔夏是不可能的。心理感嘆著：「哎，真希望能像她一樣大叫。」

看到哥兒們準備好後，蓮娜的情人（皮條客）覺得自己佔了上風，冷笑地說：

「跟妳說了，安卡妳這個妓女，妳管過頭了。不過這次我們贏了，把妳們手中的玩具丟掉吧，蠢婦！快點丟掉，衣服也脫掉，我們要一個一個糟蹋妳們！」

安卡看著眼前一群站著或埋伏在後、拿著手槍的流氓，嘆口氣說：

「你應該不用所有人，我一個人就夠了吧？」

「哈，臭婊子，語氣變了啊？」帶頭的在兄弟的嘻笑中回答，「只有妳當然不夠，我們要替妳們好好上一課，讓妳們之後都為我們工作，婊子！」

「你們哪來男人的體力，可以抓住我們所有人啊？我想一個就該偷笑了！」安卡笑了一聲後回答。

「住口，臭婊子！我們要不停地糟蹋妳們！」

「你試試看啊，我想你們連一個都碰不到！」

「我們要把妳們所有人玩到天亮！」

「噢，親愛的，你的空話我真是聽夠了！我不相信你的話，也不覺得你們夠男人！」

「妳很快就會相信的，婊子！我要撕爛妳那張嘴臉！」帶頭的這時已經咬牙切齒，發出嘶啞的聲音。他一邊走向安卡，一邊戴上手指虎。

安卡往後退了一步，對著好姐妹大喊：

「退到一邊，好姐妹。」

那群妓女往後退了幾步，只有身穿睡衣、滿臉不高興的豐腴女子，像定住似地站在旁邊，而當大個兒再往安卡靠近一步時，原本都不講話的豐腴女子突然開口：

「小安，小安，妳在等什麼……還不開始嗎？」

「別這麼耐不住性子，瑪什卡。」安卡回答時又退了幾步，「嗯，上吧，看妳忍不住了。」

豐腴的女子冷靜而嫵媚地拉開睡衣，彈出好幾顆鈕釦，不僅露出胸部和比基尼泳褲，還有……睡衣底下一把裝上消音器和夜視鏡的AK-47自動步槍。她拔掉插銷，把槍托靠在肩上，臉頰貼著槍托，盯著瞄準鏡：

「瑪什卡，記得不要連發，這裡可不是戰場，一次一發就好了。妳也知道，每顆子彈都要錢。」安卡建議她。

「嗯。」瑪什卡回答，眼睛仍盯著瞄準鏡。她立即連發了五次，間隔大約一秒鐘。但是也太準了吧！第一發子彈把帶頭的鞋後跟射爛了，似乎傷到了他的腳。他一拐一拐地往海水的方向逃走。其他四發則與每個流氓擦身而過。他們趕緊躲到石頭後方，而身邊沒有石頭的人只能趴在地上。

「小安，叫他們爬進水裡，不然可別怪子彈反彈傷到他們了。」瑪什卡說，手裡還拿著步槍。

「聽到沒？親愛的，快點爬進水裡！我們瑪什卡的子彈不長眼，被射到的話，她還真的不知道怎麼負責喔！」安卡溫柔地提醒幾個已經爬到水邊的大塊頭混混。

過沒多久，他們所有人和帶頭的都已站在水裡，水深及腰。

安卡走向阿納絲塔夏，她們默默看著彼此一陣子，沒有人開口說話。安卡先語氣帶點難過地小聲說：

「好姐妹，妳想和朋友在這邊散步，去吧！今晚很美、很安靜又很溫暖。」

「是啊，有宜人的海風吹進城裡。」阿納絲塔夏回答，接著又說：「安卡，妳很累了，或許妳該回妳的花園休息？」

「也行……可是我很對不起自己的姐妹，痛恨那些……男人。跟我說，妳是鄉下來的嗎？」

「嗯。」

「在鄉下過得好嗎？」

「很好，只是想到其他地方不是所有人都過得好的時候，像是現在這裡，心裡難免會不平靜。」

「別管其他人了，想來隨時可以找我。不過我得去工作了，你們好好在這裡散步吧。」

安卡走向車子，而同伴跟在後頭。這時豐腴的女子坐在石頭上，步槍放在裸露的膝蓋上。安卡經過她時說：

「妳先在這裡休息一下，瑪什卡。我們等等會開車來載妳。」

「有客人還在等我，我剛剛直接從他那邊來的，而且他已經付錢了。」

「我們會照顧妳的客人，說妳肚子不舒服，說妳喝的香檳品質不是很好。」

「我是喝伏特加，只喝了半杯。」

「那就是吃了什麼東西……」

「我沒吃，只吃了一點糖果和麵包。」

「那就是了，就說妳吃的麵包不新鮮。妳吃了幾塊？」

「不記得了。」

「她哪次沒有吃超過四塊的？」其中一個女孩說，「對吧，瑪什卡？」

「或許是吧。那留一根香菸給我，不然在這裡很無聊。」

安卡把一包香菸和打火機放在她旁邊。女孩繼續往前走。

「欸！」聲音從海上傳來，「妳們做什麼？要把石頭上那個女的留在這裡？」

「對，親愛的，她會留在這裡。」安卡回答，「我早跟你們說了，一個人對付你們就夠了。你們要我們所有人，現在你們連一個都應付不了，還被嫌無聊。」

「兄弟們，如果她們知道你們的厲害……如果知道……。以後不會有人想跟妳們睡了，就算妳們倒貼錢也不會。」

五發消音的子彈迅速且間隔一致地從石頭的方向射來，在水面上激起五個水花，落在每個男子的身旁，他們因此退得更遠。安卡轉過頭來，警告他們：

「小朋友，你們在這兒別惹到瑪什卡喔。如果喜歡一個人，要對她溫柔、貼心一點，像狗一樣忠心耿耿。喜歡一個人就要這樣，懂了嗎？不管誰都一樣……」她爬上通往路面的斜坡時，突然大聲而傷感地唱起歌來：

小徑雜草叢生，
親愛的曾走過。

那群年輕的妓女爬上斜坡，跟著歌聲繼續她那難過又傷感的唱腔。

長滿青苔雜草，
他與其他女人走過。
親愛的，你去哪了？
讓我的心如此難過痛苦。

她們開車回去工作了，一路傳來這首關於小徑的歌聲。

23 你的渴望

我和阿納絲塔夏回到公寓時，已經快半夜了。我把鑰匙插進門鎖，在經歷了今天這麼多事情後，我真覺得快要累壞了。所以我一看到床，便和阿納絲塔夏說我想睡了，並且立刻去洗澡。洗完時，阿納絲塔夏跟我說：

「我幫你把床鋪好了，我就在陽台睡。」

「她大概是覺得公寓太悶吧。」我心裡這樣想，接著走到陽台看看她為自己鋪了什麼床。她在陽台的地板上放了一條毯子，上面再鋪一層房東原本要拿來當壁紙的白紙。她把短衫摺好充當枕頭，並在床頭放了一根小樹枝。

「妳怎麼能睡在這兒？太不舒服了，會很冷的。阿納絲塔夏，至少讓我拿條被子給妳吧。」

「別擔心，弗拉狄米爾，這裡很好。空氣很新鮮，還能看到星星。你看今天的星空多美啊！還有和煦的微風，不會著涼的。你去睡吧，弗拉狄米爾，我會在床邊陪你一下，等你睡著了我再去睡。」

我躺在阿納絲塔夏替我鋪好的床上，原本以為我會累到馬上睡著，但是卻沒有。我一直想到人類——所有的人——都只是某種巧合手中的玩物，這樣的想法或意識彷彿把我的內心吞噬，害我無法靜下心來。我隨後感到忿忿不平，很氣那些安排這種巧合的人，也氣阿納絲塔夏。之所以氣她，是因為我認為她也可能是這種巧合的推手（至少在我的人生中是這樣）。

「你在煩惱什麼嗎，弗拉狄米爾？」阿納絲塔夏小聲地問。我還特地稍微起身回答她。

「這還用問嗎？我相信妳……我想相信妳……特別想相信人類——每一個人——都有能力創造幸福的人生，我特別想相信生態聚落，居民可以因為祖傳土地而過著安定的生活，讓孩子快快樂樂地成長。聚落會有很好的學校。我相信妳說的，每個人都是神最愛的孩子。『人是神最高的創造』，妳這樣說過吧？對吧？」

「是的，弗拉狄米爾，我和你說過。」

「是啊，妳當然說過，況且妳還說得這麼有說服力。我不僅相信妳，還開始行動、安排聚落，文件都已經送給不同的單位。基金會開始受理申請，規畫設計也委託進行中，包括花園和各種植栽。如果只是相信妳和一切也就罷了，但我還心甘情願地行動了。妳早就料到了！妳早就知道我會行動！」

「是啊，弗拉狄米爾，我知道。畢竟你是企業家，隨時準備好行動、實現計畫……」

「隨時準備好？就這麼簡單啊！當然啦，不用是先知也知道。企業家一旦相信什麼，就會開始行動。我就像笨蛋一樣行動了。」

我再也躺不住，跳下床走到窗邊，把氣窗打開，因為我覺得房裡或心裡一股躁熱。

「為何你會覺得自己的行為很蠢，弗拉狄米爾？」阿納絲塔夏冷靜地問我。

她的冷靜和裝模作樣（我當時認為她是裝出來的）讓我更加氣惱。

「妳怎麼還能這麼冷靜地說話？這麼冷靜！難道妳不知道，人類事實上是別人手中的魁儡嗎？他們透過各種情況控制人類，某些力量可以輕而易舉地控制著每一個人。只要它們喜歡，就能讓一半的人陷入戰爭，然後站在高處或一旁看著人類自相殘殺；只要它們喜歡，還能偷偷放入宗教，再次袖手旁觀，看著不同宗教的人為了信仰而廝殺；只要它們喜歡，就能玩弄任何人。我對此深信不疑，多虧有一群擅於分析現況的聰明人，才讓我明白了這點。」

「那些聰明人是用什麼方法，讓你相信人類只是某些力量手中的玩物？」

「我聽了一場報告，他們有談到我。那些聰明人對書在社會引起的事件很感興趣，對妳和我都很好奇。他們追蹤了我在賽普勒斯每一天的生活，當時我正在寫第四本書。他們把所有事情都記了下來，然後分析。妳知道嗎，我沒有氣他們追蹤我的一舉一動，還很感謝他們終於讓我看清了一切。他們證明了人類是受到玩弄的，根本沒有什麼巧合，都是刻意安排好的。我的親身經歷告訴我這不會錯。」

「什麼親身經歷？你在實驗什麼嗎，弗拉狄米爾？」

「不是我，是他們對我做了實驗。我在賽普勒斯提到淡水魚後，淡水魚出現了；提到雪松，雪松出現了。我想在晚上去一趟教堂，教堂出現了，而且門還是開著的。還有其他很多事情，也似乎只能按照它們要的寫下來了。但最重要的是，阿芙蘿黛蒂女神的孫女也出現了。我在賽普勒斯曾和一些人說過，我想要見見祂的孫女，因為我已經受夠了他們的阿芙蘿黛蒂女神，到處都是女神浴池的海報，大家談到祂時都很自豪。總而言之，我就告訴他們，我想看看阿芙蘿黛蒂女神的孫女。在我說完的幾天後，有個目光炯炯有神的女孩出現了。根據事情的進展，大家都認為阿芙蘿黛蒂女神真的派了孫女來，透過這個女孩製造奇蹟，女孩本身也有很大的轉變。是誰接二連三地安排了這些事件？誰？我什麼都沒安排。如果巧合只有一次也就罷了，可是所有事情都是巧合。這已經不是巧合，而成了規律了。我說的都是科學家做的結論，我也相信這個結論是正確的，妳沒有辦法反駁我了吧。」

「可是我不打算反駁，事情發生的確有一定的規律，弗拉狄米爾。」阿納絲塔夏語氣平淡地說。

阿納絲塔夏的最後這句話讓我的心涼了半截，突然有種前所未有的冷漠澆透了我的全身。我原本還期望，至少還有一點希望，她能消除我覺得個人和全人類毫無價值的想法，但她卻沒這樣做。是啊，誰能反駁這個顯而易見的事實？任何事物對我而言都毫無意義了，我站在只有月光照亮的房間窗前，抬頭仰望星星。

或許在那些星星的其中一顆上，住著一群控制我們、玩弄我們的人。他們真的存在！反觀我們的存在，真能稱做「生命」嗎？玩物聽從他人意志、無法獨立生活，就表示我們根本不算活著，才會對很多事物漠不關心。

阿納絲塔夏又帶著平靜的語氣低聲開口說話，但我對她的聲音已經不再有情緒反應，只覺得那是某種無關緊要的聲音。

「弗拉狄米爾，你和那些把報告錄音帶寄給你的人都是對的，真的存在某種可以改變時間、把不同事件串連起來的能量，或者就像發生在你身上的事情。這種能量能夠創造一連串的情況，達到特定的目標。世上並沒有純屬巧合這種事，很多人都知道這點。巧合都是編排好的，就像寫好的程式那樣，就連看起來不可能的巧合都是。每個人遇到的所有事情都像是編排好的程式，你在賽普勒斯島上遇到的事情，對研究者和你而言，正是一個很好的例證。那些自然也是編排好後，發生在現實之中的。請告訴我，弗拉狄米爾，你難道不想知道這些巧合的編排者在哪裡嗎？」

「它在哪裡有什麼差別嗎？在火星上、在月球上……它過得好還是壞，我都不在乎了。」

「它就在這間房間裡，弗拉狄米爾。」

「妳是說妳嗎？如果真的是，也改變不了什麼。我一點也不覺得驚訝或生氣，我不在乎了。我們都受到控制，這就是所有人絕望的悲劇。」

「我不是主要替你編排巧合的人，弗拉狄米爾，我能發揮的影響力只有一點點。」

「那誰是主要的人？這裡只有妳和我兩人，難道有第三人，一個看不見的編排者嗎？」

「弗拉狄米爾，這個編排者就在你裡面——你的渴望。」

「什麼意思？」

「只有人類的渴望、志向可以啟動任何行動的編排，這是造物者的法則。沒有任何人、沒有任何宇宙能量，能在任何時間違反這個法則，因為人類是所有宇宙能量的主人！人類！」

「可是我在賽普勒斯時，什麼都沒啟動啊，阿納絲塔夏。一切就如巧合般發生了，我根本沒做什麼。」

「確實有些瑣碎的事情不是由你啟動，但是這些事情與比較重要而促使主要事件發生的事情有關。然而，這些主要事件是在你許願之後才發生的。難道不是你說要和阿芙蘿黛蒂女神的孫女見面嗎？你甚至在很多人面前說過，還不只說了一次。」

「沒錯，我是說過……」

「如果你都記得，怎麼還會把實現主人意志的僕人稱為掌控者，而把主人稱為僕人手中的玩物呢？」

「是啊，這樣有點蠢。原來這麼有趣，哇……渴望啊……可是為什麼不是所有渴望都能實現？很多人都想要什麼，但就是沒有實現。」

「很多事情取決於目標有沒有意義，取決於渴望是與光明或黑暗相呼應，取決於渴望的強度。目標越真實、越光明，就會吸引越多的光明力量幫你實現、幫你達成。」

「如果目標是黑暗的，像是喝醉、鬧事或發動戰爭呢？」

「那麼黑暗力量就會主宰一切，人的渴望讓它有機會行動。但是你也看到了，人的渴望仍是最重要、最先有的因素！你的渴望，弗拉狄米爾。」

我開始思考阿納絲塔夏所說的話，內心也比較好受了。宜人的月光照亮整間房間，天上的星星彷彿散發溫暖的光線，不再是冷冰冰的光線。坐在床邊的阿納絲塔夏，似乎也更好看了。我對她說：

「妳知道嗎，阿納絲塔夏？我剛到賽普勒斯的時候，老實告訴妳，我差點就要放縱自己了，因為剛開始的一切都讓我很不喜歡：沒有人講俄文，周圍一堆酒宴，讓我無法工作。我還想說自己為什麼要來，大概是來認識妓女的？那裡有很多女人，不過是那種行為輕浮的女人，有俄羅斯的，也有保加利亞的。」

「你看吧，弗拉狄米爾，你有了這個渴望，她們就出現了。你不停地喝伏特加，與她們約好見面，一個來自保加利亞，一個來自俄羅斯。只是在這之前，你說要和阿芙蘿黛蒂女神的孫女見面。看來你的第一個渴望比較強烈，所以她就出現了。她讓你避開所有很糟的事情，而且幫助了你。」

「是啊，她幫了我，但妳怎麼知道有保加利亞人？」

「從我的感覺得知的，弗拉狄米爾。」

「我不明白，不過也不重要了。妳還是告訴我，伊蓮娜這個女孩應該不是阿芙蘿黛蒂女神的孫女吧？她只是一個來自俄羅斯、在賽普勒斯旅行社工作的人，但我說的是阿芙蘿黛蒂女神的孫女，這是不是表示光明的力量太弱了，沒辦法讓我看到真正的孫女？」

「一點也不弱，它已經讓你看到了。阿芙蘿黛蒂女神現在是以能量的形式存在，如果祂覺得有意義的話，便能與任何人的能量接觸一段時間。伊蓮娜在你身邊的時候，也有兩種能量。在那些日子中，她有很多事情可以辦到，也成功做到很多事情，幫到你的忙。」

「是啊，我很感謝她，也很感謝阿芙蘿黛蒂女神。」

「所有人都只是某些力量手中的玩物」這個想法帶給我的所有情緒和不快都消失了。在和阿納絲塔夏聊過以後，我的心裡多了自信與安定。

我靜靜地看著阿納絲塔夏坐在月光底下，在床邊輕輕地把手放在膝蓋上，然後……我至今也不曉得自己怎麼會這樣，我當時突然說：

「我知道妳是誰了，阿納絲塔夏，妳是一個偉大的女神。」說的同時，我跪在她的面前。

阿納絲塔夏突然發出痛苦而絕望的叫聲，她趕緊站起身來，向後退靠著牆壁，雙手放在胸前，彷彿祈禱的樣子。

「弗拉狄米爾，求求你，趕快起來，你不應該膜拜我的。噢，神啊！神啊！看看我做了什麼！我太心急了，請祢原諒我，我沒有對祢的兒子們解釋清楚。弗拉狄米爾，在神的面前人人平等，彼此之間不應該有任何的膜拜。我只是個女人，我是人！」

「妳和所有人這麼不同，阿納絲塔夏。如果妳只是人，那我們到底是誰？我又是誰？」

「你也是人，只是一生都在無謂地奔波，仍然無法思考自己的使命。」

「那摩西、耶穌基督、穆罕默德、羅摩、佛陀，這些人又是誰？妳和他們有什麼關係？」

「你說的都是我的兄長，弗拉狄米爾。我不好評斷他們的行為，只能說他們沒有人得到世間所有的愛。」

「怎麼可能？他們每個人現在都有上百萬名信徒。」

「但是膜拜並不代表愛，那只會箝制膜拜者的思考能力，這種能力只有人類才有。我兄長的集體意識非常強，這意識數百萬年來受到很多人的餵養，每個膜拜的人都在這個過程中消耗掉自己的能量。數百年來，已有不少人譴責我兄長的行為，我也不明白他們為何要這麼努力地餵養自己的集體意識，花上數千年的時間累積能量。沒有人知道他們的秘密，直到如今。而我的兄長決定把累積的能量化為一體，把它分給當今活在世上的人。地球新的千禧年即將到來，眾神——也就是意識能讓自己接受這種能量的人——將會生活在地球上。

「弗拉狄米爾，求求你，趕快起來！自己的兒子受人奴役、對人臣服，任何父親看到都會非常難過的。只有黑暗力量總是試圖貶低人類的重要性。弗拉狄米爾，趕快起來，不要出賣自己，不要疏離你我。」

阿納絲塔夏非常激動，於是我順著她的意思站了起來，對她說：

「沒有疏離，我反而覺得才剛開始瞭解妳。可是我不認為膜拜會阻礙愛，所有信徒反倒都說自己愛神。況且，我是把妳當成女神般對妳低下身子，妳卻不知為何嚇成這樣，這麼激動。」

「我和你認識五年多了，弗拉狄米爾。自從我懷了你的兒子的那一晚起，已經過了不少的日子，你卻從未想過要碰我、像對其他女人那樣看我。先是不瞭解我，現在又是膜拜我，這都讓你的愛無法顯現。膜拜並不會帶來孩子的誕生。」

「那是因為妳不是女人，阿納絲塔夏。妳現在彷彿成了資訊聚集的節點，不只我，其他人都無法立刻明白妳說的話。舉例來說，什麼叫『不要出賣自己』？妳為什麼會這樣對我說？」

「弗拉狄米爾，你寫了一封信給俄國總統，卻同時懷疑起自己，還差點死掉。你不再創造了，而是把問題丟給別人，丟給總統一個人。」

「那是因為他是俄國唯一可以做些什麼的人。」

「一個人是辦不到的，需要大多數人的意志。況且，為什麼你只寫給一個總統？烏克蘭、白俄羅斯、哈薩克也有總統呀……」

「妳不是一直在講俄國嗎？況且俄國是我的故鄉。」

「但是你的護照上寫你是白俄羅斯人。」

「白俄羅斯人沒錯，我的父親是白俄羅斯人。」

「而且你小時候住在烏克蘭。」

「是啊，住在烏克蘭，那也是我記憶中最快樂的日子。我還記得有茅草屋頂的白色小屋，還有我和鄰居小孩一起抓泥鰍的泥坑。爺爺奶奶從來不會對我大吼，也從來沒有處罰過我。」

「是啊，是啊，弗拉狄米爾，回想你和爺爺一起在花園裡種下幾棵很小的樹苗……」

「我記得……奶奶會拿水桶替它們澆水。」

「可是你知道嗎？在烏克蘭的庫茲德尼奇村——你出生的地方，那座花園至今仍然存在，樹皮雖然粗糙了，但樹上仍在結果，等著你回去。」

「所以我的故鄉到底在哪，阿納絲塔夏？」

「在你裡面。」

「在我裡面？」

「在你裡面！你可以聽從靈魂的聲音，在地球上把它永遠化為形體。」

「妳說得對，我得好好想一想。我現在有種自己在這世上漂泊的感覺。」

「弗拉狄米爾，你累了。我們一整天下來經歷太多情緒了，躺下來睡覺吧。等到早上醒來時，你會因為睡眠而有新的力量、誕生新的意識的……」

我躺在床上，感覺到阿納絲塔夏握著我的手。我就要進入熟睡。我知道她會讓我睡得很沉、很安穩，讓我早上有好的感受，但在我入睡前，我又跟她說了幾句話：

「阿納絲塔夏，可以請妳讓我再看一次俄羅斯的美好未來嗎？」

「好，睡吧，弗拉狄米爾，你會看到的。」

阿納絲塔夏輕聲哼起沒有歌詞的歌，聽起來像是一首搖籃曲。「總之太好了，人可以為自己編排一切。」在我進入關於未來俄羅斯的美好平靜夢鄉之前，我這樣想著。

24 永恆就在你我面前

太陽升起，陽光從拉開窗簾的窗戶直接灑在床上，弄醒了我。昨晚睡得真好！身上出現某種不尋常的力量，甚至讓我想做早操或其他什麼運動。心情也好到不行！廚房這時傳來碗盤的哐啷聲，「不會吧！」我心想，「難道阿納絲塔夏在做早餐？她什麼廚具都不會用，也不知道怎麼開瓦斯，應該要我幫忙吧？」我穿上運動服，打開廚房的門。就在我看到阿納絲塔夏的時候，彷彿有一股暖流瞬間貫穿我的身體。

我第一次看到泰加林的隱士阿納絲塔夏不是在西伯利亞的森林，不是在她的泰加林林間空地，不是在海邊，而是在一般城市女人最熟悉的地方──廚房。她彎著腰試著調整瓦斯爐的火，用手上下移動瓦斯的開關，但是那台老舊的瓦斯爐不太好用。

在廚房裡，阿納絲塔夏看起來和一般的女人沒有兩樣，那為什麼我昨晚會跪在她的面前，讓她飽受驚嚇呢？大概是我喝多了，或太累了吧。

阿納絲塔夏感覺到我在看她，所以轉頭過來看我。她一邊臉頰沾到了一點麵粉，一撮頭髮從頭巾露了出來，黏在她稍微出汗的額頭上。阿納絲塔夏笑了起來，而她的聲音……彷彿天籟一般……

「早安，弗拉狄米爾，今天會是一個美好的一天！早餐就快準備好了，再一下下。你先去盥洗，等一下就好了。你快去盥洗，別擔心我，我不會弄壞東西的，我都會用了……」

我沒有馬上去浴室，而是站在原地，驚訝地看著阿納絲塔夏。與她認識的這五年來，我第一次看清楚這個女人出奇的美貌，一種難以言喻的美。即使臉上沾了麵粉，即使沒有特別的髮型（只是綁了包頭），穿著毫不起眼的普通衣服，卻有一種出眾的美。

我走到浴室，仔細地刮了鬍子、洗了澡，但是腦海都是阿納絲塔夏的倩影。我走出浴室後，沒有走到廚房，而是坐在已經鋪好的床上，繼續想著阿納絲塔夏，心情不知為何興奮了起來。

我認識這個來自西伯利亞泰加林的女隱士五年了，五年了……我的生活在這些年改變了多少啊！雖然我們很少見面，她卻彷彿一直在我的身旁，真的是她在我身旁！真的多虧了她，我跟女兒才能重修舊好，父女現在關係良好。至於我的妻子，雖然我這五年來都不在家，但是我打過幾次電話給她。從她的聲音我可以感覺到，她和我講話時，已經不會生氣或對我冷淡了，她還告訴我家裡的一切都很好。

阿納絲塔夏……是她把我治好的。醫生都沒辦法，她卻辦到了。我當時連自己都覺得快要死掉了，是她治好了我。她也讓我小有名氣，我現在靠書拿了不錯的稿費，雖然內容都是她的話。她和我講話時總是很溫柔，從來不會生氣。即便我毫無來由地對她發飆，她也不會生氣。想當然耳，她為我的生活帶來很大的改變，不過是往好的地方改變。是她替我生了一個兒子！當然和大家的情況不同，兒子是住在她的泰加林林間空地，不過也許待在她的身邊比較好吧。她很善良，我得對她說些好話，或者對她好一點。只是要怎麼做？她什麼也不需要。說也奇妙，即便你擁有了半個世界，她擁有的還是比你多。雖然如此，我還是想送她禮物。我很久以前就買了一條珍珠項鍊要送給她，不是人工珍珠，而是天然的大珍珠。我決定現在送給她，於是我從行李箱拿出盒子，把項鍊拿了出來，但是我沒有馬上走進廚房。不知什麼原因，我開始換起衣服，把身上的運動服換掉，穿上長褲和白色襯衫，還打了領帶。我接著把項鍊放進長褲口袋，卻因為太興奮而沒有準備走進廚房，只好帶著這身打扮站在窗邊，直到我冷靜下來。我心想：「我這是怎麼了，機會終於來了，別讓這愚蠢的情緒給搞砸了！」我走進了廚房。

阿納絲塔夏已經擺好早餐、坐著等我，頭髮也整理好了。她站起身來，靜靜地用那雙灰藍色的眼睛和善地看著我，而我站在原地，不知道要說什麼。一開口，卻不知為何用了「您」這個字：

「您好，阿納絲塔夏。」我在說出「您」後完全不知所措，而她彷彿沒有聽到似地，正經地回答了我。

「你好，弗拉狄米爾。請坐，早餐已經準備好了。」

「我待會再坐……我想先跟妳說……跟妳說……」但我想不起來要說什麼。

「說吧，弗拉狄米爾。」

但我忘記自己要說什麼了。我走到阿納絲塔夏的面前，親了她的臉頰。我頓時全身發熱，熱得像火在燒一樣。阿納絲塔夏也臉紅了，眼睛眨得比平常還快。我接著壓低聲音說話，彷彿聲音不是我的似的：

「這是替所有讀者親的，阿納絲塔夏，很多人都很感謝妳。」

「所有讀者？謝謝所有的讀者，非常謝謝你們。」阿納絲塔夏輕輕地說。

我又迅速地在她另一邊的臉頰上親了一下，然後說：

「這是替我自己親的，妳是個很棒、很善良的人，阿納絲塔夏。妳很漂亮，謝謝有妳。」

「你覺得我漂亮，弗拉狄米爾？謝謝你……你真的這樣覺得嗎？」

她也興奮起來。我不知道接下來該做什麼，後來又想起珍珠項鍊放在我的口袋。我趕緊從口袋裡拿出項鍊，試著把扣環打開：

「這是送給妳的禮物，阿納絲塔夏。這是珍珠……真的珍珠，不是人工的。我知道妳不會喜歡人工的，不過這是真的。」

扣環卻怎樣也打不開。當我試著拉扯的時候，項鍊竟然斷了，上頭的所有珍珠掉了一地，往四面八方滾遠。我坐在地上撿，阿納絲塔夏也來幫忙，但是她撿得比我快。我看到她把珍珠放在手心，仔細地端詳每一顆珍珠，我也欣賞起她的一舉一動。我直接坐在地上，靠著牆壁，欣賞她入迷的樣子。我心裡想著，在這個平凡的廚房裡，我的內心卻有不凡而美好的感受，為什麼？大概是因為她——阿納絲塔夏——也在這裡吧。她就在我的身邊，我卻沒有勇氣擁抱她。五年前，這個女隱士在泰加林裡根本稱不上是正常人，現在卻像是從天空降臨、只停留一會兒的星星。她就在我的身旁，卻像星星一樣遙不可及。這些年來……

唉，我這些年來……我目不轉睛地看著阿納絲塔夏站起身來，把撿到的珍珠放在桌上的碟子上。接著她轉過頭來，而我繼續坐在廚房的地上，背靠著牆壁，著迷似地看著她灰藍色的眼眸。她溫柔的眼神也沒有移開過。

「妳就在我的面前，阿納絲塔夏，可是我卻碰不到妳，覺得妳好像天上遙遠的星星。」

「星星？你真的這樣覺得嗎？為什麼？你看！這顆星星已經化為一般的女人，就在你的腳邊呀。」

阿納絲塔夏迅速地跪了下來，坐在我旁邊的地板上。她的雙手搭在我的肩上，頭也靠了過來。我聽到她的心跳聲，只是我的心跳得更大聲。她的頭髮帶有泰加林的味道，她的呼吸，彷彿溫暖的微風帶著迷人的花香。

「噢，為什麼我沒有在年輕時就遇見妳呢，阿納絲塔夏？妳這麼年輕，但我已經老了，年紀都要半百了。」

「但是我走過好幾個世紀，才碰觸到你遊蕩的靈魂，請你現在別趕我走。」

「我快老了，阿納絲塔夏，生命就要結束了。」

「即使你老了，還是可以種下家族樹，與世人創造美好未來的城市、建造美麗的花園。」

「我會試的，只可惜我能住在這座花園的時日並不多，那要好幾年才長得成。」
「花園創造出來後，你就會永永遠遠住在那兒。」
「永永遠遠？」
「當然！你的身體會老、會死，可是你的靈魂會飛起來。」
「死人的靈魂會飛，這我知道。靈魂飛起來，但也就結束了。」
「噢，弗拉狄米爾，今天是這麼美好的一天，為什麼你會想到沒有快樂的未來呢？那都是你自己的想像而已。」
「不是我自己的想像，現實情況就是如此。人都會老、會死，即便是妳——我親愛的夢想家，也想不出其他的結局吧。」
阿納絲塔夏全身顫動了一下，稍微移動到一旁，用愉悅而善良的眼神看著我的眼睛。她的雙眼散發一種愉悅的自信，沒有人可以抗拒她的目光。
「我沒有理由去想什麼結局，真相永遠只有一個。死亡是給肉體的，這誰都知道，是給肉體的！而從其他的角度看，死亡只是夢，弗拉狄米爾。」
「夢？」

「對，夢。」

阿納絲塔夏站起身來，開始看著我的眼睛講話。但在她用輕柔的聲音說話時，廚房的收音機彷彿停了，窗外也不再有噪音：

「我最親愛的！永恆就在你我面前，生命永遠會自己證明一切。陽光在春天閃耀，靈魂穿上新的外衣，但是我們腐敗的肉體並非白白地擁抱大地，鮮嫩的花朵和小草會在春天從我們的身體冒出，你會永遠聽著鳥兒的高歌，喝著落下的雨水。雲朵會一直在藍天舞動，使你雀躍不已。萬一你化為塵埃，消散在浩瀚的宇宙，心裡還是不肯相信，親愛的，我會從遊蕩在永恆裡的塵埃之中，將你聚集起來。你所種的樹會來幫我，它會在早春時將自己的細枝，伸向你靈魂的棲息之地，你在那裡有著不帶感覺的安詳。你在世上善待的所有人，都會帶著愛想著你。萬一所有世間的愛不足以讓你再次化為形體，那麼她——你知道的她，會在宇宙的所有存在層面，帶著唯一的渴望閃耀，『化為形體吧，親愛的！』然後她自己將逝去一會兒。」

「那會是妳嗎，阿納絲塔夏？妳確定妳做得到嗎？」

「只要在感覺中放入神的話語，任何女人都做得到。」

「那妳怎麼辦，阿納絲塔夏？誰會幫助妳重返人世？」

「我自己就能辦到，不用麻煩任何人。」

「那我要怎麼認出妳來？畢竟我們的生命會截然不同。」

「你在人世重新化為形體後，你會長大變成少年，在隔壁的花園中看到一個流著鼻涕的紅髮小女孩。跟這個雙腿微彎的小朋友說些好話吧，把目光留給這個女孩。你會長大變成青年，開始注意漂亮的女生，但別急著把自己的命運與她們牽連。隔壁花園的女孩也會長大，她會滿臉雀斑，還沒變成漂亮的女生。你會在某一天發現她在偷偷看你。當她膽怯地朝你走來，不想讓你再注意其他成熟的漂亮女生時，不要笑她，不要趕她走。只要再過三個春天，隔壁的女孩就會變成漂亮的姑娘。你會在某一天看見她，內心燃起愛情的火苗。你和她會過得很幸福，而她也會很快樂。弗拉狄米爾，我的靈魂就會活在這個你所選的幸福女孩體內。」

「謝謝妳如此美好的夢想，阿納絲塔夏，我親愛的故事家。」

我小心翼翼地摟著她的肩膀，讓她離我更近一些。我想聽聽她的心跳有多強烈，感受這個美麗女子的髮香——一個總是相信美好、相信永恆的女子。或許，我也想緊抓她不可思議的夢想，哪怕只是抓到最後的機會也好。她對未來所說的話，讓周遭的一切更快樂了。

「阿納絲塔夏，或許妳說的只是幾句話，但聽起來真的非常美好，讓人聽了都會覺得快樂起來。」

「夢想的話語能夠促使巨大的能量開始動作，人類可以透過夢想、思考，自己創造出未來。相信我，弗拉狄米爾，一切都會如我所描繪地發生在我們兩個身上，不過你在自己的夢想中擁有自由，你可以說不同的話來改變一切。你有意志、有自由，每個人都是自己的創造者。」

「我不會改變妳所說的任何話，阿納絲塔夏，我會試著相信這些話。」

「謝謝你。」

「謝什麼？」

「謝謝你沒有破壞我們兩個的永恆。」

＊＊＊

在這個美麗又晴朗的一天，我們在海中游泳，在無人的海灘日曬。傍晚時，阿納絲塔夏準備離開，但她依然要我別為她送別。我站在陽台上，看著她走在公寓旁的人行道上，頭上包著頭巾，身穿平凡不起眼的服裝，手裡拿著自製的包包。這個試著不引起其他路人注意的女人，為整個國家創造了一個美好的未來。這個未來一定會來臨，眾人將會實現她的夢想，開始住在美好的世界裡。

在街角轉彎之前，阿納絲塔夏停了下來，回頭往我的方向揮手，我也揮手向她道別。雖然已經看不清楚她的臉，但我知道她一定帶著笑容。她臉上總是掛著微笑，因為她相信、也只創造美好的事物。也許本該如此吧？我揮手向她道別，同時對著自己說：「謝謝妳，小夏！」

附錄

沙漠化現象已經影響俄羅斯聯邦的羅斯托夫州（薩利斯客草原高達一半的地區）、阿爾泰邊疆區（庫倫金斯克草原三分之一的地區），以及其他十三個區域。風沙所佔面積已達六百五十萬公頃，分佈範圍最廣的地區位於裏海盆地（高達百分之十）。俄國境內受到沙漠化影響或有風險的土壤面積已達五千萬公頃。

多項農化指標顯示，俄國的耕地平均並不肥沃，非黑土區更是如此。表土層沒有作物生長所需的足夠養分，包括氮、磷、鉀、鈣、鎂、微量養分（尤指鈷、鉬和鋅）。超過三分之一的耕地含有酸土，土壤的有效磷、鉀含量不足，分別只有百分之三十和百分之十。

百分之四十三以上的耕地腐植質含量不足，其中有百分之十五屬於嚴重不足（百分之四十五分佈在非黑土區）。卡盧加州、斯摩棱斯克州、阿斯特拉罕州、伏爾加格勒州、卡爾梅克共和國、阿迪格共和國、布里亞特共和國、圖瓦共和國等地，有超過百分之七十五的耕地腐植質含量不足。專家認為，平均而言，有機肥料的使用不均和不足，以及耕種方式所造成的破壞，都是造成俄國土壤退化的原因，這些因素使得腐植質含量降到極低的程度：非黑土區的表土含有百分之一點三到一點五，中央黑土覆蓋的地區也只有百分之三點五到五點零。土壤腐植質每年的流失量估計為每公頃零點六至七公噸（黑土區更高達每公頃一公噸），意即全國每年流失八千萬公噸的腐植質。

目前已經證實，一般土壤的腐植質含量與主要作物的產量之間幾乎為線性關係。一公頃的腐植質含量每增加一公噸，黑土區穀類作物的每公頃平均長期產量可增加十到十五公斤。對於在不同土壤和氣候條件下生長的數種作物而言，這樣的增加可換算為三十公斤的穀類作物單位。黑土區的腐植質厚度每減少一公分，無論是受到自然或人為因素（如侵蝕）影響，穀類作物產量就會每公頃減少一百公斤。

長久以來，俄國的土地資源受到大規模濫用，收成過程造成的養分流失速度經常大於土壤補充的速度。

農學家警告，大肆濫用土壤的肥沃度會導致無法復原的負面影響，從穀類作物收成的整體變化便可證明這點。若要維持腐植質的平衡，每公頃的土地一年應添加七到十五公噸的糞肥，代表每年至少需要添加十億公噸的有機肥料，而俄國現在只有一億到一億兩千公噸左右，大約是需求量的十分之一。

土地資源現在的保育情形又是如何？

中央已經完全不再補助土質改善工作，所以這些工作的範圍已經大幅縮減。資金目前來自地方預算，自一九九三年起，都是從地主繳納的土地稅中提撥百分之三十使用。因此，一九九四年起至今，在非黑土區添加泥炭堆肥、以石灰中和酸土、運送石灰原料和磷灰粉、施用磷肥等工作，在俄國境內的大部分地區都已經停止，因為地方政府沒有資金進行這些農化作業。

聯邦幾乎所有的土質全面改善計畫，以及農業部和俄國政府的農業發展計畫都沒有落實。

由此可以推論，俄國的表土正在日漸退化，這不僅會造成生態和飲食危機，更威脅到國家的安全。

弗拉狄米爾·米格烈致各位讀者

目前網路上有許多網頁內容，主要在宣揚與《鳴響雪松》系列主角阿納絲塔夏類似的思想。其中不少網站冒用我的姓名「弗拉狄米爾·米格烈」（Vladimir Megre），聲稱自己是官方網站，並以我的名義回覆讀者來信。

就此我認為有必要告知各位敬愛的讀者，我決定自己設立國際官方網站 www.vmegre.com。這是唯一的官方窗口，負責接收來自世界各地、不同語言地區的讀者來信。只要您訂閱此網站內容，並註冊為會員，就能收到日後舉行讀者見面會的日期與地點，以及其他相關訊息。

我們網站將為各位敬愛的讀者統一發佈《鳴響雪松》在世界各地的最新消息。

弗拉狄米爾·米格烈敬上

鳴響雪松 5　Кто же мы?

我們到底是誰？

作者　弗拉狄米爾．米格烈（Vladimir Megre）
譯者　王上豪
編輯　郭紋汎
封面設計　斐類設計
校對　郭紋汎、戴綺薇
排版　李秀菊

出版發行　拾光雪松出版有限公司
網址　www.CedarRay.com
書籍訂購請洽　office@cedarray.com

總經銷　紅螞蟻圖書有限公司
地址　台北市114內湖區舊宗路2段121巷19號
電話　02-27953656

初版一刷　2017年6月
初版二刷　2020年10月
定價　350元

原著書名　Кто же мы?
弗拉狄米爾．米格烈2000年於俄羅斯初版
網址　www.vmegre.com
郵政信箱　630121俄羅斯新西伯利亞郵政信箱44
電話　+7 (913) 383 0575(WhatsApp, Viber)
E-mail　ringingcedars@megre.ru
生態導覽與產品　www.megrellc.com

國家圖書館出版品預行編目資料

我們到底是誰？／弗拉狄米爾．米格烈（Vladimir Megre）著；王上豪譯. -- 初版一刷 -- 高雄市：拾光雪松, 2017.6
面；12.8×19公分. --（鳴響雪松；5）
ISBN 978-986-90847-5-8（平裝）

880.6　　106009440